EL AMOR,
LAS MUJERES
Y LA MUERTE

biblioteca **edaf**

ARTHUR SCHOPENHAUER

EL AMOR,
LAS MUJERES
Y LA MUERTE

Prólogo y cronología de
Dolores Castrillo Mirat

www.edaf.net
MADRID - MÉXICO - BUENOS AIRES - SANTIAGO
2026

Diseño de cubierta: GERARDO DOMÍNGUEZ

© De la traduccion: Miguel Urquiola.
© De esta edición, Editorial EDAF, S. L. U.

Editorial EDAF, S. L.
Jorge Juan, 68. 28009 Madrid
http://www.edaf.net
edaf@edaf.net

Ediciones Algaba, S.A. de C.V.
Calle 21, Poniente 3323, Colonia Belisario Domínguez
Puebla, 72180, México
jaime.breton@edaf.com.mx

Ediciones y Distribuciones Edaf, SRL
Chile, 2222
1227 - Buenos Aires, Argentina
fernando@edafarg.net
+54 11 4308 5222
+54 11 6784 9516

Edaf Chile, S.A.
Huérfanos 1178, Oficina 501
Santiago, Chile
+56 9 4468 0539
+56 9 4468 0537
comercialedafchile@edafchile.cl

Papel 100% procedente de bosques gestionados de acuerdo
con criterios de sostenibilidad

43ª edición, marzo 2026

Depósito legal: M-19.409-2011
ISBN: 978-84-7166-264-4

PRINTED IN SPAIN   IMPRESO EN ESPAÑA
Service Point

INDICE

PROLOGO

La dureza del pensamiento de Schopenhauer, su radical oposición al triunfalismo histórico hegeliano imperante en su tiempo y su pesimismo ontológico desgarrador explican el boicot del silencio a que fue sometida su obra, por los medios filosóficos oficiales contemporáneos, y la condena que más tarde, a partir de Lukacs, se ha venido ejerciendo contra este nihilismo desengañado que torna en irrisión cualquier utopía de salvación colectiva para la humanidad. Ni hegeliano ni marxista, este pensador parecería quedar excluido, a juicio de numerosos comentaristas, de todo lo que pueda interesar al pensamiento moderno.

No obstante, es precisamente esta oposición al optimismo racionalista hegeliano la que imprime un viraje radical a la historia de la filosofía en Occidente y sienta las bases de la sensibilidad moderna hasta el extremo de que nombres como Nietzsche, Freud y, en otro sentido, Wittgenstein (1) resultarían inexplicables sin la referencia a Schopenhauer.

---

(1) Sobre la incidencia de Schopenhauer en Wittgenstein, puede consultarse P. Gardiner: *Schopenhauer*, F. C. E., México, 1975.

Esta ruptura con la tradición se produce, con todo, gracias al enlace con viejas formas de pensamiento: la poesía negra de los gnósticos, y sobre todo las religiones orientales, el budismo y el brahmanismo, cuyas enseñanzas, hasta entonces prácticamente desconocidas en Occidente, Schopenhauer intenta integrar con las del criticismo kantiano. La distinción entre "cosa en sí" y "fenómeno" queda modificada y sometida a las necesidades de su propia obra, que gira en torno a la dualidad del mundo como voluntad y representación. En contraste con el modesto escepticismo a que había llegado su ilustre predecesor, Schopenhauer se atreve a reinstaurar las posibilidades de la metafísica, pero sólo para imprimirle un sesgo irracionalista y maldito que invierte por completo los moldes teológicos por los que discurría anteriormente. Esa "cosa en sí" de la que según Kant nada podía saberse de ella, Schopenhauer afirma saber lo que es, pues la siente latir en lo más profundo de su ser: es la voluntad de vivir, reducto último e irreductible de todo cuanto aparece en nuestro mundo fenoménico. Pero ella es algo *toto genere* diverso del mundo en que se nos representa. En nuestra representación, el mundo aparece como un conjunto claro y ordenado de fenómenos en el espacio y en el tiempo, donde cada uno recibe cumplida explicación en virtud de la ley causal que los rige. Sin embargo, y ésta es la gran lección que Schopenhauer extrae de la *Crítica de la razón pura*, espacio, tiempo, causalidad, junto con los objetos por ellos posibilitados, y aún más el propio sujeto que los conoce, no son otra cosa que ficciones fenoménicas tejidas por nuestro intelecto, gran hilandera universal que por todas partes extiende el velo de la ilusión. Ese velo que los orientales llamaron Maya lo recubre todo de una apariencia de realidad y racionalidad, cuando en verdad el fondo último y escondido de las cosas, la voluntad, es un principio ciego en el que expira no sólo toda causa sino también toda razón.

Para Schopenhauer, como más tarde para Freud, el verdadero núcleo del hombre no lo constituye la razón, sino el querer inconsciente de la voluntad. Esta es lo primario, y el intelecto tan sólo su fenómeno derivado y secundario. En apoyo de su tesis cita numerosos ejemplos, imposibles de enumerar aquí, que se adelantan proféticamente a los descubrimientos psicoanalíticos. La voluntad como auténtica "cosa en sí" se objetiva inmediatamente en el cuerpo y éste desarrolla un cerebro altamente perfeccionado destinado a servir los intereses vitales de aquélla. Remontándonos, pues, más allá del mundo de los fenómenos aliñados por el intelecto hasta esa zona arcaica de lo vital, pre-perceptiva, pre-intuitiva e inmediata donde surgen las sensaciones brutas del placer y del dolor y donde se agitan nuestros impulsos, afectos, deseos, pasiones, etc., podemos acceder de modo bastante inmediato al conocimiento de la voluntad; pues éstas acciones que hemos señalado no son un efecto que pueda separarse de la volición, entendida como su causa, sino que constituyen la volición misma. A partir de aquí es posible entonces extender este descubrimiento de la voluntad al mundo en general.

Por todas partes descubre Schopenhauer este querer. La voluntad principio único lo es todo, lo mismo fuerza gravitatoria y afinidad química o impulso de atracción entre los imanes que instinto animal; todo tiende a algo, todo quiere. De ella es manifestación cuanto existe en la realidad. A través de una serie sucesiva de grados, que se corresponden con las ideas platónicas, la voluntad se objetiva en formas que reflejan de modo cada vez más perfecto su propio ser hasta llegar a su manifestación más sofisticada y elevada, el hombre. Aquí la voluntad, en función de sus necesidades cada vez más complejas, dará origen a la conciencia. Esta conciencia, de la que también participan los animales, nace, subordinada a los intereses de la voluntad ciega de vivir. No obstante alcanza en el hombre tal grado de perfección, que en algunos casos excepcionales pueden llegar a independizarse de ella y comprender entonces el radical sin-sentido de una existencia que nunca debiera haber tenido lugar. La voluntad a través de su objetivación más elevada llega, pues, a inteligirse a sí misma y, por último, renuncia a sí.

Pero ¿por qué esta renuncia? ¿Acaso la vida es un infierno? Ciertamente se le asemeja: "Nuestra existencia a nada se parece tanto como a la consecuencia de una falta y de un deseo culpable." (*El amor, las mujeres y la muerte*, pág. 124.)

El mundo en general presenta el desolador aspecto de una incesante guerra entre todos los seres. El mundo animal requiere al mundo vegetal como alimento, los animales no pueden subsistir más que devorándose los unos a los otros, y en cuanto a los hombres, la fuente principal de sus males es el hombre mismo. Como decía Hobbes en su descripción del estado de naturaleza, "el hombre es un lobo para el hombre". Pero la civilización tampoco sabe crear nada mejor: "Entrar en una fábrica de hilados..., y desde entonces estar allí sentado, primero diez, después doce horas, y finalmente catorce horas, haciendo siempre el mismo trabajo mecánico, es comprar terriblemente la satisfacción de respirar." (*El mundo como voluntad y representación*, L. III.) La explotación del hombre por el hombre en las fábricas, descrita con acentos que recuerdan a los que Marx y Engels emplearon al estigmatizar los males de la sociedad capitalista decimonónica, es, para Schopenhauer, tan sólo una faceta más del mal inherente a la voluntad de vivir. La vida ofrece el absurdo espectáculo de una voluntad de vida que continuamente se devora a sí misma. El dolor universal, resultado de la estéril fragmentación de la voluntad en millones de individualidades que luchan entre sí desconociendo su origen común, es el precio que "paga" la voluntad por haber osado turbar "inútilmente la beatitud y el sosiego de la nada".

Este conflicto no es necesariamente consciente, la naturaleza ignora la aflicción. Pero en el animal superior, y sobre todo en el hombre, el conflicto se siente como un dolor inextingible. La voluntad, en cuanto voluntad de vivir en oposición a la reposada satisfacción en la nada, es en esencia un impulso aciago: es necesidad, aspiración, anhelo, avidez, demanda, esfuerzo sin fin, y, así, puesto que todo querer tiene por principio una carencia, el mundo de la voluntad no puede ser otra cosa que el mundo del sufrimiento. La mordedura del deseo, dominado por lo que falta, impulsa al hombre a una infinidad de cosas que le parecen agradables y deseables en perspectiva, pero que se convierten en cenizas apenas las toca con sus manos. Así sucede, por ejemplo, en el amor, capítulo con el que se inicia el libro que presentamos al lector.

En él se recogen fragmentos de una obra tardía de Schopenhauer, titulada *Parerga y Paralipómena.* Mientras el *Mundo como voluntad y representación,* al que he creído necesario referirme para situar esta última obra en el contexto general del pensamiento de Schopenhauer, se inserta de lleno en el mundo filosófico "especializado", en esta colección de aforismos que versan sobre los más variados temas, el escritor prescinde de todo formulismo técnico, circunstancia que permitió una gran difusión de la obra y le proporcionó un merecido aunque tardío reconocimiento público. Quien habla en estas páginas, escritas en un tono constantemente polémico y en una prosa límpida y brillante, es un vivaz conversador que sabe poner el dedo en la llaga en todos aquellos asuntos que, de una manera u otra, están presentes en las preocupaciones cotidianas de todos nosotros. Algunas reflexiones como las dedicadas a la política o a la mujer, en las que aflora la misoginia exacerbada de Schopenhauer, resultan verdaderamente antañonas para el paladar de nuestro siglo; unas veces irrita y otras nos hace sonreír la inevitable tendencia del autor a convertir en principios inmutables de la naturaleza humana las opiniones, los gustos o las costumbres de la sociedad de su tiempo. Fuera de estos anacronismos, el anti-historicismo radical de Schopenhauer y su tesis del sufrimiento como inherente a la voluntad de vida, en cualquiera de sus manifestaciones espaciales y temporales, resulta ser un problema de auténtica enjundia que no es fácil despachar desde la atalaya de nuestra no menos dolorosa y conflictiva época, ni supongo tampoco desde la experiencia personal de cada cual.

Pero volvamos al tema del amor. El amor carnal, que Schopenhauer concibe en términos exclusivamente genésicos, es el emblema, por excelencia, de la voluntad de vida. El amante, víctima de una ilusión, cree satisfacer sus intereses individuales, cuando en realidad obra por un fin que no es el suyo propio, sino el de la infinita voluntad de vida que tiende a perpetuarse en la especie. Por eso, "como la pasión se funda en una ilusión de felicidad personal, en provecho de la especie, una vez pagada a ésta el tributo, al decrecer la ilusión tiene que disiparse... Una vez satisfecha su pasión todo amante experimenta un especial desengaño: se asombra de que el objeto de tantos deseos apasionados no le proporcione más que un placer efímero seguido de un rápido desencanto" (*El amor...*, págs. 77 y 50). Prescindiendo de la función exclusivamente reproductiva que Schopenhauer concede a la sexualidad, en parte llevado por las opiniones de su tiempo, en parte por las necesidades de su propio sistema, hay un punto de especial interés en esta concepción del amor que ilustra perfectamente la naturaleza inconsolable de la voluntad. Si la desilusión acompaña siempre al deseo satisfecho es porque el deseo, lejos de tender a un objeto como a su fin propio, constituye en realidad su único y propio fin. La terminología lacaniana nos habla de la labilidad de la pulsión: "la pulsión no tiene objeto", y por eso se autorreproduce constantemente sin que el abismo entre el deseo y la realidad pueda cerrarse nunca de modo definitivo. Para Schopenhauer, la vida es un estado perpetuo de ansiedad. El querer nada quiere, salvo a sí mismo, y utiliza todos los pretextos a su alcance para engendrarse una y otra vez en un esfuerzo de creación infinita. Cuando nuestras ambiciones se adormecen sobreviene el hastío, esa otra cara nada despreciable del sufrimiento, y entonces forjamos armas para combatirlo. Si se logra, la inquietud regresa de nuevo y de esta manera "la vida del hombre oscila como un péndulo entre el dolor y el hastío" (*El amor...*, pág. 132).

"El hombre... no es nada más que voluntad, deseos encarnados, un compuesto de mil necesidades"; y el placer sólo es la satisfacción efímera, siempre amenazada por el hastío, de estas necesidades, por tanto algo meramente negativo. Sólo el dolor se siente, el placer es la mera ausencia de dolor. El dolor es lo auténticamente positivo, la única razón de ser de la existencia. Estamos condenados no a muerte sino a vida: "La vida no se nos presenta en manera alguna como un regalo que debemos disfrutar, sino como un deber, una tarea que tenemos que cumplir a fuerza de trabajo. De aquí en las grandes y en las pequeñas cosas, una miseria general, una labor sin descanso, una competencia sin tregua, un combate sin término..." (*El amor...*, pág. 130.)

Pero todos estos esfuerzos ni siquiera nos confieren la dignidad de los personajes trágicos. Al contrario, vista desde cerca, la vida de un hombre ofrece más bien el espectáculo de una comedia, donde seres efímeros y atormentados persiguen unas aspiraciones que no son otra cosa que un cortejo de ideas triviales. "Los hombres se parecen a esos relojes a los que se les ha dado cuerda y andan sin saber por qué. Cada vez que se engendra un hombre y se le hace venir al mundo, se da cuerda de nuevo al reloj de la vida, para que repita una vez más su rancio sonsonete gastado de eterna caja de música, frase por frase, tiempo por tiempo, con variaciones apenas perceptibles." (*El amor...*, página 135.)

La vida no sólo es dolorosa, sino radicalmente absurda. Ninguna razón, llámese a ésta Absoluto o Dios omnisciente, planea sobre el mundo, tan sólo una voluntad de vivir, que forzosamente ha de estar ciega para querer perpetuar, de modo tan persistente y obstinado, este conjunto de dolores sin cuento y vanas aspiraciones que constituye el entramado de la existencia humana. Una lucidez implacable impide a Schopenhauer continuar la farsa y entonar el aleluya de los optimistas al buen Dios creador que ha hecho de este mundo "el mejor de los mundos posibles". "En el budismo, el mundo nace a consecuencia de un trastorno inexplicable, produciéndose después de un largo reposo en la claridad del cielo, en la serena beatitud llamada nirvana, que se reconquistará con la penitencia. Es como una especie de fatalidad [...] ¡Perfectamente! [...] Pero un dios como ese Jehová, que por su capricho y con "ánimo alegre" produce este mundo de miseria y de lamentaciones, y que aún se felicita y aplaude por ello, ¡esto es demasiado!" (*El amor...*, págs. 122 y 123.)

Puestos a buscar un origen divino del mundo y una *persona* a quien achacar todas nuestras desdichas, sería más coherente imaginar la existencia de un dios loco y malvado que, a diferencia del dios bueno, que se mantiene ajeno a sus manejos, se atreve a interrumpir el sacro reposo de la nada y da lugar a esta masa de desdichas y angustias que es nuestro mundo. Schopenhauer se hallaba familiarizado con la poesía negra de los gnósticos, primera secta herética del cristianismo, casi tan antigua como éste, y sin duda, de todas las hipótesis creacionistas, era ésta doctrina dualista la única que podía tentarle. De todos modos, como se sabe ésta no puede tener más que un valor metafórico para Schopenhauer, cuyo sistema concibe la voluntad como la única esencia del mundo y excluye, por tanto, cualquier intervención de deidades, buenas y malas, trascendentes a este mundo.

Pero tampoco el inmanentismo panteísta, que alcanza su más acabada y sofisticada formulación en la filosofía hegeliana, podía seducirle. Al contrario, aunque acepta la unidad e identidad absoluta de la esencia de las cosas, rechaza tajantemente la teofanía implícita en estos sistemas. Para todos ellos el ser continua siendo *to agathon* —lo bueno—, y la cuestión del origen del mal se convierte en una enfermedad incurable y crónica, más difícil de resolver aún que en los viejos esquemas dualistas y teológicos. Si aquí se llegaba a aceptar hasta la más absoluta desvalorización del mundo, con tal de defender la bondad y racionalidad de la Idea platónica o del Dios cristiano, el panteísmo tiene la estúpida pretensión de convencernos de que este mundo aborrecible, tejido por un sinfín de sufrimientos inexplicables, es ya Dios encarnado. Frente a todos estos discursos legitimadores del ser, ya sea en su forma trascendente o inmanente, Schopenhauer reconoce abiertamente que el ser es esencialmente el mal y el error, pues "el delito mayor del hombre es haber nacido". No obstante, existe un camino de salvación que ya Buda había enunciado: el retorno a lo no nacido, a la nada salvadora del dolor de existir.

Es evidente que siendo el querer la verdadera raíz de nuestros males, la liberación sólo puede pasar por una autoinmolación de la voluntad de vivir. El hombre, como objetivación de la voluntad dotada de conocimiento, es el ser en quien la capacidad de sufrir alcanza también su más alto grado. Pero precisamente por ello, la voluntad puede llegar a tomar conciencia del dolor inherente a su querer y renunciar de este modo a sí misma.

No es el suicidio, como pudiera pensarse, la senda que nos conduce, según Schopenhauer, a esta liberación del querer; pues el que se da muerte sólo está descontento de las circunstancias de su vida y si éstas cambiasen se aferraría a ellas con todas sus fuerzas. El suicidio no es una negación de la voluntad de vivir, sino una fuerte afirmación de ésta. La verdadera liberación no se nos presenta bajo esta violenta y dramática figura, sino como una lenta y benéfica consunción del sujeto en el interior de sí.

La contemplación estética es un primer paso en estas ascesis purificadora del querer. El goce sereno y plácido que nos procura nos permite saborear, por unos instantes, ese estado de felicidad propio de los dioses que celebra Epicuro, en el que la rueda del tiempo se detiene y el ruin acoso de la voluntad se adormece. El hombre, hasta entonces esclavo del querer, fuente de todo dolor y todo mal, libera por un momento su conocimiento de la opresión de la voluntad y se convierte en claro espejo del ser del mundo. Ninguna exigencia de las que cotidianamente le agobian, ningún deseo inquieto enturbia ahora el tranquilo reflejo de la contemplación. Es ésta una experiencia poco común. La persona ordinaria es, al menos la mayor parte del tiempo, incapaz de una actitud puramente contemplativa. Cercado por sus propias preocupaciones, prisionero de las necesidades subjetivas que su naturaleza volitiva le impone, el hombre, cuando ve algo, rápidamente lo distorsiona en función de sus propios fines; sólo lo mira desde el punto de vista de sus posibles o actuales relaciones con sus deseos y aversiones, y de este modo, guiado por ese principio de razón suficiente siervo de la voluntad, ya no puede ni acceder al conocimiento íntimo de las cosas ni gozar de la paz y plenitud que sólo su contemplación "desinteresada" nos brinda.

Ciertas experiencias memorativas que muchos de nosotros habremos tenido en alguna ocasión, y por las que tanto se interesó Proust, nos permiten acercarnos a esa manera de ver tan diferente, propia del genio, en virtud de la cual hasta los objetos más ordinarios parecen completamente nuevos y poco comunes. Quizá nos hayamos preguntado alguna vez por qué determinados momentos de nuestras vidas, recobrados de un pasado lejano, vuelven a veces con una luz tan nueva, tan extraña y encantada que los hace aparecer a los ojos de la memoria como fragmentos de un "paraíso perdido". Esta benéfica ilusión brota, según Schopenhauer, de que cuando recordamos esos acontecimientos sólo vuelve a nosotros el contenido objetivo de lo que se experimentó originariamente, mientras que el acompañamiento subjetivo de las ansiedades y deseos que distorsionaron nuestra aprehensión y estropearon nuestro goce se halla ausente.

Así pues, sólo existe goce estético cuando la voluntad calla, cuando el hombre es capaz de sustraerse a la cadena infinita de sus necesidades y deseos y contemplar como "desde fuera" los acontecimientos. Apolo, el dios de las musas, es también, no lo olvidemos, el dios de la lejanía y la distancia. "Basta echar desde fuera una mirada desinteresada a todo hombre, a toda escena de la vida, y reproducirlos con la pluma o el pincel, para que al punto aparezcan llenos de interés y de encanto, y verdaderamente dignos de envidia. Pero si nos encontramos luchando con esa situación o somos ese hombre, ¡oh! entonces, como suele decirse, ni el demonio que lo aguante... Las cosas no tienen atractivo sino en tanto que no nos atañen. La vida nunca es bella, sólo son bellos los cuadros de la vida cuando los alumbra y refleja el espejo de la poesía. (*El amor...*, pág. 145.) En la *Crítica del juicio*, Kant observaba: "Hermoso es aquello que agrada sin que medie un interés determinado." La teoría kantiana del desinterés como condición del juicio de gusto adquiere en manos de Schopenhauer un significado mucho más amplio: "sin interés" equivale ahora a "sin voluntad". Esta suspensión del querer, tan difícil de lograr en la vida cotidiana, nos es dada de manera muy perfecta en la contemplación de las obras de arte, porque el objeto que aquí se nos presenta, al no ser una realidad, "no pertenece a las cosas que puedan interesar a nuestra voluntad" (*El mundo...*, L. III, ap. XXX.) La experiencia de lo sublime ilumina esto en forma suprema. Aquí el hombre es consciente de acontecimientos que mantienen una relación hostil con su voluntad y que normalmente le inspirarían temor; sin embargo los contempla con calma completa, porque "por medio de una trascendencia libre y consciente de la voluntad y del conocimiento que con ella se relaciona [...] se ha elevado por encima de sí misma, de su persona y de todo su querer." (*El mundo...*, L. I.)

Este abatimiento pasajero de la voluntad, que tanto nos alivia, es además la única vía que nos permite atisbar la secreta intimidad de las cosas y conocerlas en su manifestación más pura. La teoría platónica de las ideas, junto con la del desinterés, kantiana, fusionadas de modo muy original, le sirven a Schopenhauer para dar cuenta del especial valor que tiene el conocimiento artístico respecto al resto de las formas ordinarias de interpretar el mundo, entre las que incluye la ciencia. En todas ellas, la representación se halla falseada, como hemos visto, por el cuádruple velo de Maya, como instrumento al servicio de las necesidades vitales de nuestra voluntad individual. En algunos hombres, dotados de una inteligencia superior a la requerida para atender estas necesidades, el excedente de conocimiento logra emanciparse de las cadenas de la voluntad y percibir entonces el mundo, en su naturaleza más verdadera, gracias a ese mirar claro y distante que ya no aparece deformado por el engañoso velo que nuestra subjetividad, ávida, tiende sobre todas las cosas. Ahora, olvidados de nosotros mismos, las cosas se nos presentan en su objetividad pura, en la transparencia cristalina de su idea, la manifestación más inmediata de la voluntad. El artista se esfuerza por expresar las ideas implícitas en los objetos, acontecimientos o emociones particulares de la vida, presentándolas de tal manera que es capaz de revelarnos, a través de ellos, las verdades universales que yacen en su fondo y para las que permanecemos ciegos cuando consideramos las cosas, como normalmente solemos, con la perspectiva del fin, la causa, la consecuencia, etc. De este modo el artista nos hace sentir, como expresaba M. Arnold en su ensayo sobre Maurice de Guerin, "que estamos en contacto con la naturaleza esencial de esos objetos, que ya no nos aturden ni oprimen, sino que tenemos su secreto y estamos en armonía con ellos". Cuando Schopenhauer habla del arte como expresión de la idea no se refiere, pues, a que la misión de éste sea transmitir en un "lenguaje decorativo" aquello que puede formularse verbalmente por medio de los conceptos secos y sin vida de que se compone nuestro conocimiento ordinario. Al contrario, sólo nos satisface plenamente la impresión de una obra de arte cuando deja detrás algo que por mucho que pensemos en ello no puede ser reducido a la precisión de un concepto. De ahí que la contemplación de la idea y no la representación conceptual del mundo que sólo sirve a los intereses pragmáticos de nuestro vivir cotidiano nos acerque más al fondo esencial de las cosas, que aparecen iluminadas en el espejo clarificador del arte con una luz más brillante y completamente nueva.

Martin Heidegger, en su estudio sobre Nietzsche, alude a la mala interpretación de la estética kantiana en la obra de Schopenhauer; ha confundido, señala, el concepto de desinterés con "la noción vulgar de indiferencia respecto a una cosa o a una persona; en la relación con la cosa o la persona no ponemos nada que deje ver nuestra voluntad". Sin duda, Heidegger lleva razón al señalar que Schopenhauer traduce la noción kantiana de desinterés por la de sin voluntad. Sin embargo, la confusión que le atribuye es únicamente la suya propia. Pues la ausencia de voluntad, para Schopenhauer, lejos de significar indiferencia hacia el objeto, es la única condición que nos permite interesarnos por él, en el sentido de que sólo así penetramos en su honda verdad y accedemos al secreto de su intimidad, hasta entonces vedado para nosotros. La estética de Schopenhauer es efectivamente una estética del desinterés o, si se quiere, de la indiferencia, pero no referida al objeto sino al propio sujeto. "A mayor conciencia que tenemos del objeto, la tenemos mejor del sujeto, y a la inversa..." (*El mundo...*, L. III, ap. XXX.) En la contemplación estética, el sujeto, emancipado de su yo volitivo, se sumerge de tal modo en el espectáculo que tiene ante sus ojos que llega casi a confundirse con él y a olvidar su personalidad y su propio querer. En la santa indiferencia de sí, su conciencia se ve inundada por todo lo que no es él y escapa, por un momento, a los sufrimientos de su subjetividad atormentada.

Pero es en la música, que ocupa para Schopenhauer un lugar privilegiado entre todas las artes, donde tiene lugar la más profunda consunción del sujeto en el interior de sí y donde la aprehensión de la esencia íntima de las cosas se realiza de modo más perfecto. Y es que la música, a diferencia de las demás artes, no es ya imitación de una idea, sino que traduce de modo inmediato las vibraciones de la esencia misma del mundo, es, en una palabra, la voluntad misma; "... por eso su influencia es más poderosa y más penetrante que la de las demás artes. Estas no expresan más que la sombra, mientras que aquélla habla del ser" (*El mundo*..., L. III). Lo que la música nos da es la historia secreta de la voluntad; el auténtico carácter de la melodía —ese constante separarse y volver a la nota dominante— refleja la naturaleza eterna de la vida humana, que aspira, se ve satisfecha y aspira de nuevo. La música es una especie de oculto ejercicio de metafísica que presta voz a las profundas y sordas agitaciones de nuestro ser. El allegro exulta, el adagio se convierte en una queja desgarradora y, sin embargo, los escuchamos encantados sin experimentar *realmente* las turbaciones que agitan a nuestra voluntad en el vivir cotidiano, de ahí que hasta los más entristecidos acentos puedan ser oídos con sumo agrado. "Por el contrario, cuando en la realidad ocurre que la voluntad se halla inquieta o agitada, no tenemos que habérnoslas con sonidos ni con relaciones numéricas entre ellos; nosotros mismos somos la cuerda tirante y herida que vibra." (*El mundo*..., L. III, ap. XXXIX.) Espejo de la vida, la música suprime de ella las vicisitudes, para entregarnos a ese estado de rendimiento en el que las cosas dejan de ser motivos para la voluntad y se convierten en puro reflejo objetivo que se ofrece a nuestra beatífica y desapasionada contemplación.

Sin embargo, el arte no puede arrancar al hombre de la desgracia de modo permanente, pues los momentos de contemplación desinteresada son necesariamente fugitivos, y cuando se cae de nuevo a la vida, el sufrimiento y la ansiedad vuelven a acosarnos.

Sólo el abatimiento definitivo de los deseos y de la voluntad de vivir puede traernos la verdadera liberación; para alcanzarla, el camino no puede ser otro, según Schopenhauer, que el de la piedad y la santidad. Pero la virtud, como el genio, tampoco se enseña: nace por una sabia intuición de la identidad fundamental entre todos los seres. El hombre piadoso que no hace la menor distinción entre él mismo y los demás, da muestras, con sus acciones, de percibir la voluntad como único ser y el carácter ilusorio de las divisiones entre los individuos. De este modo ve en todo dolor el suyo propio, porque reconoce en todos los otros seres su más verdadero e íntimo yo. El velo de Maya se ha rasgado por completo para él y está preparado para la liberación total.

Esta liberación es la ascesis. El hombre que ha hecho suyo el sufrimiento del mundo entero siente horror ante el ser del cual es expresión su propio fenómeno, ante la voluntad de vivir, y renuncia a ella instalándose en una santa indiferencia ante todas las cosas. El asceta ya nada quiere, a nada aspira, su voluntad es tan sólo un volcán apagado. Liberado de toda pasión por la vida, desconoce el temor a la muerte; la muerte no es para él más que un parpadeo en el que se desvanece suavemente el ensueño de ese error fundamental que es nuestro ser. En el eslabón más alto de sus objetivaciones, la voluntad revierte sobre sí y renuncia a su propia esencia gracias al examen de la terrible alucinación expuesta en su obra y en su espejo.

El trayecto que va del ser al anodadamiento es, pues, el que este pensador nos enseña, en abierta oposición al racionalismo historizante y optimista de Hegel. Desde una substancia que, a través de su sucesivo desarrollo dialéctico, se autocontempla, al fin, embelesada en la imagen recompuesta de sí que le devuelve el espejo, donde cada fragmento, hasta entonces desgarrado por la herida de su incompletud, alcanza su satisfacción y su sentido, pasamos sin punto de transición al dolor de una subjetividad, que ningún progreso, ninguna razón histórica, podrán rescatar de su sin-sentido originario.

Ciertamente, no ha sido Schopenhauer el primero en hacer del dolor el verdadero *leiv-motiv* de la filosofía. También para el Hegel maduro es éste el tema principal y la filosofía debe encontrarle una explicación. Pero aquí radica precisamente la diferencia entre los dos pensadores. La experiencia del dolor que cada uno de ellos tiene liga a Hegel con la tradición teológica y teleológica occidental, mientras instala a Schopenhauer en el umbral de una modernidad que, desconfiada ya de todas las metas y de todos los fines, no puede por menos de experimentar el absurdo radical del hecho de existir. Si para Hegel la violencia de la contradicción es sólo una astucia de la razón que planea sobre el mundo para llevar la historia a buen término, donde alcanzamos a comprender el sentido que el dolor tiene en la existencia, para Schopenhauer, una vez destejidas las ilusiones fabricadas por esa gran araña del mundo que es nuestra razón, el único sentido que cabe atribuir a la existencia es el dolor.

El dogma hegeliano "todo lo real es racional y todo lo racional es real" no puede por menos de inspirar un sarcástico desdén a este solitario pensador que conoce las vanidades fenoménicas y la carencia de sentido de nuestros fines. Pues al otro lado del espejo, más allá de nuestra representación ilusoria del mundo, no hemos encontrado al buen Dios garante del orden, la justicia y la racionalidad

de este mundo; sino esa potencia ciega y obstina-
da de la voluntad de vivir que bajo máscaras muy distintas repite siempre desde el principio al fin su
desdichada pero invariable cadencia. Los discípu-
los de Hegel han sustituido su fe en Dios por la fe
en la historia, construyendo toda su filosofía "sobre la hipótesis de un plan universal que lo dirige
todo por el mejor camino para que se realice por
completo dicho plan y se convierta el mundo en un
lugar de delicias, en un paraíso (*El mundo...*, L. III,
ap. XXXVII). Prisioneros de las apariencias, estos
glorificadores confunden constantemente lo circunstancial con lo esencial sin vislumbrar todavía
que esa felicidad a la que aspiran "no es más que
vanidad, ilusión pasajera, una triste cosa en defini-
tiva, que ni las constituciones, ni las legislaciones,
ni las máquinas de vapor, pueden ni podrán nunca
volver mejor" (*El mundo...*, L. III, ap. XXXVII).
Pero, para quien ha rasgado el velo de la ilusión, la
muerte de Dios acarrea también irremisiblemente
la muerte de la historia. "La historia en su forma
y en su misma naturaleza es una mentira que
por hablarnos de una multitud de individuos y de
sucesos diferentes pretende contarnos cada vez
una cosa diferente, cuando no es del principio al
fin sino el mismo tema repetido con varios nombres y con variadas vestiduras." (*El mundo...*, L. III,
ap. XXXVII.) Distinta pero idéntica, la historia
universal es y será siempre la historia de "las convulsiones, los errores, los padecimientos y el destino de la especie humana" (*El mundo...*, L. III,
ap. XXXVII).

La lucidez implacable de Schopenhauer torna en
irrisión cualquier utopía del "país de Jauja", po-

niendo al desnudo la patética inutilidad de la historia. En este sentido su pensamiento, en tanto que metafísica, es decir, en tanto que sabiduría emancipada de lo circunstancial y entregada a la búsqueda de constantes, es necesariamente una sabiduría reaccionaria de la que no cabe esperar ninguna receta de salvación para el futuro. Como Buda, y quizá como la lucidez de todos los tiempos, Schopenhauer ha despertado de la mentira del tiempo, pues sabe que éste no es sino la otra faz de ese frustrante engaño llamado deseo, que constituye toda la desdichada trama de nuestra existencia. Mientras permanezcamos sometidos a la tiranía del querer, con su secuela inevitable de esperanzas que tan pronto nos desesperan como desesperamos de ellas, esa felicidad a la que dedicamos tantos esfuerzos nos burlará una y otra vez, prolongando indefinidamente nuestro mal.

Escéptica, sufridora y difícil, la metafísica inflamada del dolor de Schopenhauer es ya menos romántica que moderna. La concepción trágica de la vida en Nietzsche, la experiencia del absurdo en el existencialismo, el predominio de lo inconsciente sobre lo racional, la escisión entre el principio de placer y el doloroso principio de realidad en Freud, aceptados ambos como constantes de la vida humana, y en general todo ese estado del espíritu occidental que aparece como una toma de conciencia progresiva del sufrimiento, se encuentra ya, como hemos visto, incubado en la obra de Schopenhauer.

Sin embargo, la tensa lucidez de este nihilista desengañado cede en un punto ante el espejismo de la fecilidad, aunque ahora concebida ya en términos meramente negativos. La moral de salvación que, en solitario, nos propone, ligada no sólo a las formas orientales de pensamiento sino también, en buena medida, a los ideales cristianos, no puede por menos de ser acogida hoy con una gran dosis de escepticismo por nuestra mucho más descreída y lúcida modernidad. El que aspira a salvarse, aunque esta salvación pase por una aparente perdición de sí mismo, ha renunciado a todas las ilusiones, excepto a la de salvarse. La rasgadura de este último velo, el desengaño de la ilusión que cree posible alcanzar ese estado de desilusionamiento completo, corresponde hoy, más que a ninguna otra, a la obra de Cioran. Emparentado en algunos aspectos con el autor que aquí nos ocupa, su extrema lucidez sólo le permite ya una mirada nostálgica hacia ese paraíso imposible de la ausencia del ser y del querer. "Mi facultad de decepción sobrepasa al entendimiento. Ella es quien me hace comprender a Buda, pero también es ella quien me impide seguirlo." (1)

Es evidente que la voluntad de no desear es en sí misma una forma del deseo, quizá la más refinada y mejor disfrazada de todas y probablemente la más ambiciosa y atormentada. La imposibilidad de la renuncia nos envuelve como una fatalidad, estamos condenados a querer incluso cuando queremos no querer. "Es de una enorme fortaleza y una gran suerte poder vivir sin ninguna ambición. Me constriño a ella, pero este hecho tiene ya que ver con la ambición." (2) No se le escapa tampoco a Cioran aquello que Schopenhauer quizá ignorara de sí

(1) E. M. Cioran: *Del inconveniente de haber nacido*. Madrid, Taurus, 1981. Versión castellana de Esther Seligson.

(2) *Op. cit.*, pág. 140.

mismo, y es que toda obra, aun aquella que enseña el desasimiento y la liberación, sólo es posible porque justamente está presente el sentimiento contrario: "No se crea una obra sin apegarse a ella, sin convertirse en su esclavo. Escribir es el acto menos ascético que existe." (1)

Atrapada entre la doble imposibilidad de ilusionarse con la acción y de sustraerse por completo a su hechizo ilusorio, aun a sabiendas de que lo es, no le queda a la cruenta lucidez del filósofo otra alternativa que la de "zozobrar en la sabiduría", bañándose voluptuosamente en la "embriaguez del atolladero": "La certeza de que no hay salvación es una forma de salvación, es incluso la salvación. A partir de ahí da igual organizar la propia vida que construir una filosofía de la historia. Lo insoluble como solución, como única salida." (2)

Sin duda, alcanzado cierto nivel de desapego y de clarividencia, cuando se abomina no sólo del tiempo presente sino del tiempo mismo, fuente de nuestras inextinguibles ansiedades, la pregunta por una salvación no ya individual, sino histórica y colectiva, no puede por menos de revelar un candor, envidiable quizá, pero estúpidamente ciego. No obstante, nuestra lucidez sabe también que la salvación individual por la emancipación del deseo y de las acciones añoradas por Schopenhauer es igualmente ilusoria. No hay ya, pues, justificación universalmente válida para adoptar la perspectiva del inmovilismo como tampoco para la del activismo dogmático, es decir, persuadido de la incuestionable verdad de los fines que se propone.

---

(1) *Op. cit.,* pág. 85.
(2) *Op. cit.,* pág. 174.

En el callejón sin salida a que nos conduce la lucidez extrema, lo que se vislumbra es la ausencia de un fin absoluto o de una verdad con mayúsculas, tengan éstos carácter positivo, como en las teleologías tradicionales, o aun negativo, como en el ascetismo schopenhauariano, capaces de encauzar el destino del hombre en una dirección u otra. Pero, a su vez, la incapacidad para ilusionarnos con el estado de cosas actual, proveniente de nuestra cotidiana insatisfacción y del ejercicio siempre negativo de la lucidez, nos empuja constantemente a la sublevación contra los males presentes y se opone a nuestras resignaciones, aun cuando sepamos de manera clarividente que nunca nada podrá satisfacernos. Contra las objeciones que todo planteamiento nihilista suscita entre los ideólogos políticos, se perfila, pues, la posibilidad, apuntada con un claro distanciamiento en la obra de Cioran, y desarrollada en numerosos ensayos por Fernando Savater, de una revolución sin fe, es decir, de una acción que ha roto con la ilusión dogmática que le sirve de soporte y con la inevitable secuela inquisitorial que acarrea tras de sí. "Inútil, sin fe ni ideología, la revolución sigue siendo el único *acto político* que puede desearse cometer en el mundo del dominio de lo irreparable" (1), pues "lo que se opone a la ilusión de la acción no es la inmovilidad, también ilusoria, sino la acción sin ilusión" (2).

Esta tesis podría entenderse como el reverso de la teoría nietzscheana del simulacro consciente, referida esta última a un marco de acción que desbor-

---

(1) F. Savater: *Ensayo sobre Cioran.* Madrid, Taurus, 1974, página 110.

(2) *Op. cit.*, pág. 106.

da con mucho el ámbito estrictamente político.

Toda la filosofía de Nietzsche aparece guiada, como se sabe, por el propósito de erradicar el nihilismo. Sin embargo, el vitalismo exasperado que Nietzsche opone al pesimismo schopenhauariano dista mucho de ser una vuelta ingenua al falso y dogmático optimismo de la tradición teológica y metafísica. La voluntad schopenhauariana de renuncia se ha transmutado, es cierto, en su contrario: en "voluntad de voluntad", en doble afirmación de la vida. Pero se trata de una afirmación trágica que en ningún momento olvida el lúcido pesimismo de su maestro. Más bien lo rebasa en una aceptación forzadamente jubilosa de la existencia, aun en sus aspectos más terribles y dolorosos. Como Schopenhauer, Nietzsche sabe bien que el conocimiento es dolor; sin embargo, no duda en practicar una filosofía del desengaño que martillea despiadadamente una tras otra las ilusiones calmantes y bienhechoras con que se ha venido consolando la humanidad desde los tiempos de Platón y el cristianismo. El acontecimiento de la muerte de Dios es vivido aquí hasta su extremo más desgarrador. Todas las metas, los fines y las verdades por las que hasta ahora se ha venido rigiendo la humanidad no son otra cosa que groseras ilusiones de nuestra voluntad, un puñado de mentiras interesadas que se han olvidado que lo son, un cúmulo de ficciones antropológicas con las que el hombre colorea el mundo, dotándolo de un sentido que no tiene más realidad que la de su propio deseo. El fondo último de la existencia es injustificable, no se ajusta a nada, no se orienta, no se espesa en torno a un sentido, ni siquiera puede decirse de ella, al modo schopenhauariano, que sea esencialmente mala. En el pesimismo de Schopenhauer sigue latiendo todavía la vieja nostalgia por un mundo creado a la medida del hombre, y la acusación contra él sobreviene porque éste no se pliega, como quisiéramos, a nuestros cánones morales, a nuestras deseabilidades. Como ya supo ver Thomas Mann, la concepción de la voluntad en Schopenhauer y la degradación de la antes divinizada razón es esencialmente anticlásica y antihumana. Pero la matización pesimista que le conduce a la negación del mundo y al ideal ascético liga todavía a su doctrina con el ideal humanista. Cuando se ha despertado por completo de este viejo sueño no cabe ya la interrogación por el sentido de la existencia, ni la decepción ante la constatada ausencia de su fundamento racional. El ser, para Nietzsche, no es ni bueno ni malo, es un caos de fuerzas cambiantes irreductible a todas las categorías y valoraciones humanas, que torna en irremediablemente falsas todas nuestras interpretaciones por verdaderas que se pretendan. Sólo después de habernos desengañado por completo respecto a todas nuestras ilusiones, y en especial respecto a la grosera ilusión de la verdad, puede Nietzsche reinstaurar de nuevo los derechos del engaño al servicio de la vida. No se trata, pues, de una acción sin ilusión, sino de una ilusión que sabe que lo es, pero que a pesar de todo sirve como guía para nuestras acciones. El nihilismo pulsado a su extremo como toma de conciencia de la radical irrelevancia de todas nuestras valoraciones sería superado entonces desde el nihilismo mismo. Hasta ahora la humanidad ha sido demasiado débil para captar las verdades y las finalidades como simples ficciones y al mismo tiempo guiarse por ellas; por eso cuando se reveló el carácter ilusorio de todas ellas, el hombre pretendió renunciar a su querer. Nitezsche sueña con una humanidad lo suficientemente fuerte para inventar valores y fines, aun a sabiendas de que apenas alcanzados se destruyen a sí mismos, perpetuando el juego de una existencia azarosa donde el crear y el destruir, el gozar y el sufrir, se suceden en una rueda eterna que no conoce ni la saciedad ni el cansancio. La náusea de Schopenhauer ante el absurdo de la existencia se transforma en una afirmación trágica que dice sí a este enigmático mundo dotado de desvarío, a toda su felicidad, pero también a todo su inextinguible dolor; pues en un mundo que no conoce otra finalidad que la de su infinita repetición circular, todo, absolutamente todo, cuanto de bueno y cuanto de malo hay en él, regresará fatalmente una y otra vez.

Desengañados de la moral de salvación schopenhauariana y suficientemente lúcidos para captar la fatalidad de nuestro querer, nada asegura, ni por otra parte tampoco impide, que poseamos esa fuerza añorada por Nietzsche, capaz de transformar la simple constatación de nuestra existencia azarosa y carente de sentido en ese sí jubiloso y estático que es el secreto de la sabiduría dionisiaca.

Dolores CASTRILLO MIRAT

CRONOLOGIA

1788.　22 de febrero. Nacimiento de Arthur Schopenhauer, en Danzig. Su padre, Heinrich, es un adinerado comerciante de gustos cosmopolitas y de convicciones políticas antiabsolutistas. Su madre, Johanna, escribirá más tarde novelas.

1793.　Tras la anexión de la "ciudad libre" de Danzig por Prusia, la familia se traslada a Hamburgo.

1803.　Schopenhauer realiza con sus padres un largo viaje por Europa. Queda fuertemente impresionado ante las deplorables condiciones en que viven las clases bajas de numerosas poblaciones de Austria, Francia, etc.

1805.　Muerte repentina de su padre, probablemente por suicidio. Johanna se traslada a Weimar, donde abre un salón literario y desarrolla su actividad de escritora.

1806.　Schopenhauer permanece en Hamburgo tratando de continuar las actividades comerciales de su padre.

1809. Decide dedicarse por completo a los estudios universitarios. Se matricula como estudiante de medicina en la universidad de Gotinga. Su atención se vuelve, cada vez más, hacia la filosofía, interesándose profundamente en los cursos del escéptico Schulze.

1811. En la universidad de Berlín, asiste a las clases de Fichte y Schleiermacher.

1813. Publica su tesis doctoral: "De la cuádruple raíz del principio de razón suficiente".

1816. *De la visión y los colores*, crítica de la teoría newtoniana de la visión.

1818. Primera edición de *El mundo como voluntad y representación*, con un fracaso comercial estrepitoso. Gran parte de la edición se venderá al peso.

1820. Schopenhauer obtiene una plaza de profesor en la universidad de Berlín, donde intentará, vanamente, competir con Hegel.

1821. Abandona toda tentativa en la docencia. Su situación económica, por un tiempo inestable, se restablece favorablemente, quedándole asegurada una sólida renta de la herencia paterna, que le permitirá vivir con desahogo sin necesidad de dedicarse a otros oficios.

1829. Comienza la traducción del *Oráculo Manual*, de Baltasar Gracián.

1833. Schopenhauer fija definitivamente su residencia en Frankfurt-Main.

1836. *Sobre la voluntad en la naturaleza.*

1841. *Los dos problemas fundamentales de la ética: Sobre la libertad de la voluntad y sobre el fundamento de la moral.* Mala acogida de la crítica.

1844. Segunda edición de *El Mundo*..., añadiéndole unos suplementos de extensión casi equivalente a la primera edición.

1851. *Parerga y Paralipómena*, colección de aforismos que proporcionará una gran fama tardía a Schopenhauer.

1858. La Academia Real de Ciencias de Berlín propone a Schopenhauer el título de miembro, que éste rechaza.

1860. Muerte de Schopenhauer, el 21 de septiembre.

EL AMOR

¡Oh vosotros los sabios, de alta y profunda ciencia, que habéis meditado y sabéis dónde, cuándo y cómo se une todo en la naturaleza, el porqué de todos esos amores y besos; vosotros, sabios humildes, decídmelo! ¡Poned en el potro vuestro sutil ingenio y decidme dónde, cuándo y cómo se me ocurrió amar, por qué se me ocurrió amar!—BURGER.

Se está generalmente habituado a ver a los poetas ocuparse en pintar el amor.

La pintura del amor es el principal asunto de todas las obras dramáticas, trágicas o cómicas, románticas o clásicas, en las Indias lo mismo que en Europa. Es también el más fecundo de los asuntos para la poesía lírica como para la poesía épica.

Esto sin hablar del incontable número de novelas que desde hace siglos se producen cada año en todos los países civilizados de Europa con tanta regularidad como los frutos de las estaciones.

Todas esas obras no son en el fondo sino descripciones variadas y más o menos desarrolladas de esta pasión. *Romeo y Julieta, La nueva Eloísa, Werther,* han adquirido una gloria inmortal.

Es un gran error decir con La Rochefoucauld que sucede con el amor apasionado como con los espectros, que todo el mundo habla de él y nadie lo ha visto; o bien negar con Lichtenberg, en su *Ensayo sobre el poder del amor,* la realidad de esta pasión y el que esté conforme con la naturaleza. Porque es imposible concebir que, siendo un sentimiento extraño o contrario a la naturaleza humana o un puro capricho, no se cansen de pintarlo los poetas ni la humanidad de acogerlo con una simpatía inquebrantable, puesto que sin verdad no hay arte caval. «*Rien n'est beau que le vrai; le vrai seul est aimable*» (1).

Por otra parte, la experiencia general, aunque no se renueva todos los días, prueba que bajo el imperio de ciertas circunstancias, una inclinación viva y aun gobernable puede crecer y superar por su violencia a todas las demás pasiones, echar a un lado todas las consideraciones, vencer todos los obstáculos con una fuerza y una perseverancia increíbles, hasta el punto de arriesgar sin vacilación la vida por satisfacer su deseo, y hasta perderla, si ese deseo es sin esperanza. No sólo en las novelas hay Werthers y Jacobos Ortis; todos los años pudieran señalarse en Europa lo menos media docena. Mueren desconocidos, y sus sufrimientos no tienen otro cronista que el empleado que registra las defunciones, ni otros anales que la sección de noticias de los periódicos.

Las personas que leen los diarios franceses e ingleses certificarán la exactitud de esto que afirmo.

Pero aún es más grande el número de los individuos a quienes esta pasión conduce al manicomio.

_____

(1) "No hay nada bello sino lo verdadero; sólo lo verdadero merece amarse." (Boileau.)

Por último, se comprueba cada año diversos casos de doble suicidio, cuando dos amantes, desesperados, caen víctimas de las circunstancias exteriores que los separan.

En cuanto a mí, nunca he comprendido cómo dos seres que se aman y creen hallar en ese amor la felicidad suprema, no prefieren romper violentamente con todas las convenciones sociales y sufrir todo género de vergüenzas antes que abandonar la vida, renunciando a una aventura más allá de la cual no imaginan que existan otras. En cuanto a los grados inferiores, los ligeros ataques de esa pasión, todo el mundo los tiene a diario ante su vista, y a poco joven que sea uno, la mayor parte del tiempo los tiene también en el corazón.

Por tanto, no es lícito dudar de la realidad del amor ni de su importancia.

En vez de asombrarse de que un filósofo trate también de apoderarse de esta cuestión, tema eterno para todos los poetas, más bien debiera sorprender que un asunto que representa en la vida humana un papel tan importante haya sido hasta ahora abandonado por los filósofos y se nos presente como materia nueva.

De todos los filósofos, es Platón quien se ocupó más del amor, sobre todo en *El banquete* y en *Fedro*. Lo que dijo acerca de este asunto entra en el dominio de los mitos, fábulas y juegos de ingenio, y sobre todo concierne al amor griego. Lo poco que de él dice Rousseau en el *Discurso sobre la desigualdad* es falso e insuficiente. Kant, en la tercera parte del *Tratado sobre el sentimiento de lo bello y de lo sublime,* toca el amor de una manera harto superficial y a veces inexacta, como quien no es muy ducho en él. Platner, en su *Antropología*, no nos ofrece sino ideas medianas y corrientes. La definición de Spinoza merece citarse a causa de su extremada sencillez: «*Amor est titilatio, concomitante idea causæ externæ.*»

No tengo, pues, que servirme de mis predecesores ni refutarlos. No por los libros, sino por la observación de la vida exterior, es como este asunto se ha impuesto a mí y ha ocupado un lugar por sí mismo, en el conjunto de mis consideraciones acerca del mundo.

No espero aprobación ni elogio por parte de los enamorados, que, naturalmente, propenden a expresar con las imágenes más sublimes y más etéreas la intensidad de sus sentimientos. A los tales, mi punto de vista les parecerá demasiado físico, harto material, por metafísico y trascendente que sea en el fondo.

Antes de juzgarme, que se den cuenta de que el objeto de su amor, o sea, la mujer, a la cual exaltan hoy en madrigales y sonetos, apenas hubiera obtenido de ellos una mirada si hubiese nacido dieciocho años antes.

Toda inclinación tierna, por etérea que afecte ser, sumerge todas sus raíces en el instinto natural de los sexos, y hasta no es otra cosa más que este instinto especializado, determinado, individualizado por completo.

Sentado esto, si se observa el papel importante que representa el amor en todos sus grados y en todos sus matices, no sólo en las comedias y novelas, sino también en el mundo real, donde, junto con el amor a la vida, es el más poderoso y el más activo de todos los resortes; si se piensa en que de continuo ocupa las fuerzas de la parte más joven de la humanidad; que es el fin último de casi todo esfuerzo humano; que tiene una influencia perturbadora sobre los más importantes negocios; que interrumpe a todas horas las ocupaciones más serias; que a veces hace cometer tonterías a los más grandes ingenios; que no tiene escrúpulos en lanzar sus frivolidades a través de las negociaciones diplomáticas y de los trabajos de los sabios; que tiene maña para deslizar sus dulces esquelas y sus mechoncitos de cabellos hasta en las carteras de los ministros y los manuscritos de los filósofos, lo cual no le impide ser a diario el promovedor de los asuntos más malos y embrollados; que rompe las relaciones más preciosas, quiebra los vínculos más sólidos y elige por víctimas ya la vida o la salud, ya la riqueza, la alcurnia o la felicidad; que hace del hombre honrado un hombre sin honor, del fiel un traidor, y que parece ser así como un demonio que se esfuerza en trastornarlo todo, en embrollarlo todo, en destruirlo todo, entonces estamos prontos a exclamar: «¿Por qué tanto ruido? ¿Por qué esos esfuerzos, esos arrebatos, esas ansiedades y esa miseria?»

Pues no se trata más que de una cosa muy sencilla: sólo se trata de que cada macho se ayunte con su hembra. ¿Por qué tal futileza ha de representar un papel tan importante e introducir de continuo el trastorno y el desarreglo en la bien ordenada vida de los hombres?

Pero ante el pensador serio, el espíritu de la verdad descorre poco a poco el velo de esta respuesta. No se trata de una fruslería; lejos de eso, la importancia del negocio es igual a la formalidad y al ímpetu de la persecución. El fin definitivo de toda empresa amoroso, lo mismo si se inclina a lo trágico que a lo cómico, es en realidad, entre los diversos fines de la vida humana, el más grave e importante, y merece la profunda seriedad con que cada uno lo persigue.

En efecto, se trata nada menos que de la «combinación de la generación próxima». Los actores que entrarán en escena cuando salgamos nosotros se encontrarán así determinados en su existencia y en su naturaleza por esta pasión tan frívola. Lo mismo que el ser de esas personas futuras, la naturaleza propia de su carácter, su *essentia*, depende en absoluto de la elección individual por el amor de los sexos, y se encuentra así irrevocablemente fijada desde todos los puntos de vista. He aquí la clave del problema; la conoceremos mejor cuando hayamos recorrido todos los grados del amor, desde la inclinación más fugitiva hasta la pasión más vehemente; entonces reconoceremos que su diversidad nace del grado de la individualización en la elección.

Todas las pasiones amorosas de la generación presente no son, pues, para la humanidad entera más que una *meditatio compositionis generationis futuræ, e qua iterum pendent ennumeræ generationis*. Ya no se trata, en efecto, como en las otras pasiones humanas, de una desventaja o una ventaja individual, sino de la existencia y especial constitución de la humanidad futura. En ese caso, alcanza su más alto poderío la voluntad individual, que se transforma en voluntad de la especie.

En ese gran interés se fundan lo patético y lo sublime del amor, sus transportes, sus dolores infinitos, que desde millares de siglos no se cansan los poetas de representar con ejemplos sin cuento. ¿Qué otro asunto pudiera aventajar en interés al que atañe al bien o al mal de la especie? Porque el individuo es a la especie lo que la superficie de los cuerpos a los cuerpos mismos. Esto es lo que hace que sea tan difícil dar interés a un drama sin mezclar en él una intriga amorosa, y, sin embargo, a pesar del uso diario que del amor se hace, nunca se agota el asunto.

Cuando el instinto de los sexos se manifiesta en la conciencia individual de una manera vaga y genérica, sin determinación, precisa, lo que aparece, fuera de todo fenómeno, es la voluntad absoluta de vivir. Cuando se especializa en un individuo determinado el instinto del amor, esto no es en el fondo más que una misma voluntad que aspira a vivir en un ser nuevo y distinto exactamente determinado. Y en este caso, el instinto del amor subjetivo ilusiona por completo a la conciencia y sabe muy bien ponerse el antifaz de una admiración objetiva. La naturaleza necesita esa estratagema para lograr sus fines. Por desinteresada e ideal que pueda parecer la admiración por una persona amada, el objetivo final es en realidad la creación de un ser nuevo, determinado en su naturaleza; y lo que lo prueba así es que el amor no se contenta con un sentimiento recíproco, sino que exige la posesión misma, lo esencial, es decir, el goce físico. La certidumbre de ser amado no puede consolar de la privación de aquella a quien se ama, y en semejante caso, más de un amante se ha saltado la tapa de los sesos. Por el contrario, sucede que, no pudiendo ser pagadas con la moneda del amor recíproco, gentes muy enamoradas se contentan con la posesión, es decir, con el goce físico. En este caso se hallan todos los matrimonios contraídos por fuerza, los amores venales o los obtenidos con violencia. El que cierto hijo sea engendrado: ése es el fin único y verdadero de toda novela de amor, aunque los enamorados no lo sospechen. La intriga que conduce al desenlace es cosa accesoria.

Las almas nobles, sentimentales, tiernamente prendadas, protestarán aquí lo que quieran contra el áspero realismo de mi doctrina; sus protestas no tienen razón de ser. La constitución y el carácter preciso y determinado de la generación futura, ¿no es un fin infinitamente más elevado, infinitamente más noble que sus sentimientos imposibles y sus quimeras ideales? Y entre todos los fines que se propone la vida humana, ¿puede haber alguno más considerable? Sólo él explica los profundos ardores del amor, la gravedad del papel que representa, la importancia que comunica a los más ligeros incidentes. No hay que perder de vista este fin real, si se quiere explicar tantas maniobras, tantos rodeos y esfuerzos, y esos tormentos infinitos para conseguir al ser amado, cuando al pronto parecen tan desproporcionados. Es que la generación venidera, con su determinación absolutamente individual, empuja hacia la existencia a través de esos trabajos y esfuerzos.

Es ella misma quien se agita, ya en la elección circunspecta, determinada, pertinaz, que trata de satisfacer ese instinto llamado amor; es la voluntad de vivir del nuevo individuo que los amantes pueden y desean engendrar. ¿Qué digo? En el entrecruzamiento de sus miradas, preñadas de deseos, enciéndese ya una vida nueva, se anuncia un ser futuro; creación completa y armoniosa. Aspiran a una unión verdadera, a la fusión de un solo ser. Este ser que va a engendrar será como la prolongación de su existencia y la plenitud de ella; en él continúan viviendo reunidas y fusionadas las cualidades hereditarias de los padres. Por el contrario, una antipatía recíproca y tenaz entre un hombre y una mujer joven es señal de que no podrían engendrar sino un ser mal constituido, sin armonía y desgraciado. Por eso, Calderón, con profundo sentido, representa a la cruel Semíramis, a quien llama hija del aire, como fruto de una violación seguida del asesinato del esposo.

Esta soberana fuerza, que atrae exclusivamente, uno hacia otro, a dos individuos de sexo diferente, es la voluntad de vivir manifiesta en toda la especie. Trata de realizarse según sus fines en el hijo que debe nacer de ellos. Tendrá del padre la voluntad o el carácter; de la madre, la inteligencia; de ambos, la constitución física. Y sin embargo, las facciones reproducirán más bien las del padre, la estatura recordará más bien la de la madre... Si es difícil explicar el carácter enteramente especial y exclusivamente individual de cada hombre, no es menos difícil comprender el sentimiento asimismo particular y exclusivo que arrastra a dos personas una hacia otra. En el fondo, esas dos cosas no son más que una sola.

La pasión es implícitamente lo que la individualidad es explícitamente.

El primer paso hacia la existencia, el verdadero *punctum saliens* de la vida, es, en realidad, el instante en que nuestros padres comienzan a amarse, y como llevamos dicho, del encuentro y adhesión de sus ardientes miradas nace el primer germen del nuevo ser, germen frágil, pronto a desaparecer como todos los gérmenes. Este nuevo individuo es, en cierto modo, una idea platónica, y como todas las ideas, hacen un esfuerzo violento para conseguir manifestarse en el mundo de los fenómenos, ávidas de apoderarse de la materia favorable que la ley de causalidad les entrega como patrimonio, así también esta idea particular de una individualidad humana tiende, con violencia y ardor extremados, a realizarse en un fenómeno. Esta energía, este ímpetu, es precisamente la pasión que los futuros padres experimentan el uno por el otro. Tiene grados infinitos, cuyos dos extremos pudieran designarse con el nombre de amor vulgar y amor divino; pero en cuanto a la esencia del amor, es en todas partes y siempre el mismo. En sus diversos grados, es tanto más poderoso cuanto más individualizado. En otros términos: es tanto más fuerte cuanto, por todas sus cualidades y maneras de ser, la persona amada (con exclusión de cualquier otra) sea más capaz de corresponder a la aspiración particular y a la determinada necesidad que ha hecho nacer en aquel que la ama.

El amor, por su esencia y su primer impulso, se mueve hacia la salud, la fuerza y la belleza; hacia la juventud, que es la expresión de ellas, porque la voluntad desea ante todo crear seres capaces de vivir con el carácter integral de la especie humana. El amor vulgar no va más lejos. Luego vienen otras exigencias más especiales, que agrandan y fortalecen la pasión. No hay amor patente sino en la conformidad perfecta de dos seres... Y como no hay dos seres semejantes en absoluto, cada hombre debe buscar en cierta mujer las cualidades que mejor corresponden a sus cualidades propias, siempre desde el punto de vista de los hijos por nacer. Cuanto más raro es este hallazgo, más raro es también el amor verdaderamente apasionado. Y precisamente porque cada uno de nosotros tiene en potencia ese gran amor, por eso comprendemos la pintura que de él nos hace el genio de los poetas.

Precisamente porque esta pasión del amor se pospone de un modo exclusivo al ser futuro y las cualidades que debe tener, puede ocurrir que entre un hombre y una mujer jóvenes, agradables y bien formados, una simpatía de carácter y de espíritu haga nacer una amistad extraña al amor, y puede que en este último punto haya entre ellos cierta simpatía. La razón es que el hijo que naciese de ellos estaría falto de armonía intelectual o física; en una palabra, que su existencia y su constitución no correspondería a los planes que se propone la voluntad de vivir, en interés de la especie.

Puede ocurrir, por el contrario, que, a despecho de la semejanza de sentimientos, de carácter y de espíritu, a despecho de la repugnancia y hasta de la adversión que resulten, nazca y subsista, sin embargo, el amor, porque ciegue acerca de esas incompatibilidades. Si de eso resulta un enlace conyugal, el matrimonio será necesariamente muy desgraciado.

Vamos ahora al fondo de las cosas.

El egoísmo tiene en cada hombre raíces tan hondas, que los motivos egoístas son los únicos con que puede contarse de seguro para excitar la actividad de un ser individual. Cierto es que la especie tiene sobre el individuo un derecho anterior, más inmediato y más considerable que la individualidad efímera. Sin embargo, cuando es preciso que el individuo obre y se sacrifique por el sostenimiento y el desarrollo de la especie, le cuesta trabajo a su inteligencia, dirigida toda ella hacia las aspiraciones individuales, comprender la necesidad de ese sacrificio y someterse a él en seguida. Para alcanzar su fin es preciso, pues, que la naturaleza embauque al individuo con alguna añagaza, en virtud de la cual vea, como un iluso, su propia ventura en lo que en realidad sólo es el bien de la especie. El individuo se hace así esclavo inconsciente de la naturaleza en el momento en que sólo cree obedecer a sus propios deseos. Una pura quimera, al punto desvanecida, flota ante sus ojos y le hace obrar. Esta ilusión no es más que el instinto. En la mayoría de los casos representa el sentido de la especie, los intereses de la especie ante la voluntad. Pero como aquí la voluntad se ha hecho individual, debe ser engañada de tal suerte que perciba por el sentido del individuo los propósitos que sobre ella tiene el sentido de la especie. Así, cree trabajar en provecho del individuo, al paso que, en realidad, sólo trabaja para la especie, en su sentido más estricto. En el animal es donde el instinto representa el mayor papel y donde mejor pueden observarse sus manifestaciones exteriores. En cuanto a las vías secretas del instinto, como respecto a todo lo que es interior, sólo podemos aprender a conocerlas en nosotros mismos.

Imagínese que el instinto tiene poco imperio sobre el hombre, o por lo menos que no se manifiesta nada más que en el recién nacido, que trata de coger la teta de su madre. Pero en realidad, hay un instinto muy determinado, muy manifiesto, y sobre todo muy complejo, que nos guía en la elección tan fina, tan seria, tan particular de la persona a quien se ama, y la posesión de la cual se apetece.

Si el placer de los sentidos no ocultase más que la satisfacción de una necesidad imperiosa, sería indiferente la hermosura o la fealdad del otro individuo. La apasionada rebusca de la belleza, el precio que se le concede, la selección que en ello se pone, no conciernen, pues, al interés personal de quien elige, aun cuando así se lo figure él, sino evidentemente al interés del ser futuro, en el que importa mantener, lo más posible íntegro y puro, el tipo de la especie.

Mil accidentes físicos y mil deformidades morales pueden producir una desviación de la figura humana; sin embargo, el verdadero tipo humano restablécese de nuevo en todas sus partes gracias a este sentido de la belleza que domina siempre y dirige el instinto de los sexos, sin lo cual el amor no sería más que una necesidad irritante.

Así, pues, no hay hombre que en primer término no desee con ardor y no prefiera el tipo más puro de la especie.

Después buscará sobre todo las cualidades que le faltan, o a veces las imperfecciones opuestas a las suyas propias, y que le parecerán bellezas.

De ahí proviene, por ejemplo, el que las mujeronas gusten a los hombrecillos y que los rubios amen a las morenas, etc.

El entusiasmo vertiginoso que se apodera del hombre a la vista de una mujer cuya hermosura responde a su ideal y hace lucir ante sus ojos el espejismo de la suprema felicidad si se une con ella, no es otra cosa sino el sentido de la especie que reconoce su sello claro y brillante, y que apetecería perpetuarse por ella...

Estas consideraciones arrojan viva luz sobre la naturaleza íntima de todo instinto. Como se ve aquí, su papel consiste casi siempre en hacer que el individuo se mueva por el bien de la especie. Porque, evidentemente, la solicitud de un insecto por hallar cierta flor, cierto fruto, un excremento o un trozo de carne, o bien, como el *ichneumon*, la larva de otro insecto, para depositar allí sus huevos y no en ninguna otra parte, y su indiferentismo por la dificultad o por el peligro cuando se trata de lograrlo, son muy análogos a la preferencia exclusiva de un hombre por cierta mujer, aquella mujer cuya naturaleza individual se corresponde con la suya. La busca con tan apasionado celo, que, antes que no conseguir su objeto, con menosprecio de toda razón, sacrifica a menudo la felicidad de su vida. No retrocede ante un matrimonio insensato, ni ante relaciones ruinosas, ni ante el deshonor, ni ante actos criminales, adulterio o violación. Y eso únicamente por servir a los fines de la especie, bajo la soberana ley de la naturaleza, a expensas hasta del individuo. Por todas partes parece dirigido el instinto por una intención individual, siendo así que es en un todo extraño a ella. La naturaleza hace surgir el instinto siempre que el individuo, entregado a sí mismo, sería incapaz de comprender las miras de ella o estaría dispuesto a resistirlas. He aquí por qué ha sido dado el instinto a los animales, y sobre todo a los animales inferiores, más desprovistos de inteligencia; pero el hombre no le está sometido sino en el caso especial que nos ocupa. Y no es porque el hombre sea incapaz de comprender los fines de la naturaleza, sino porque tal vez no los perseguiría con todo el celo necesario, aun a expensas de su dicha particular. Así, en este instinto, como en todos los demás, la verdad se disfraza de ilusión para influir en la voluntad. Una ilusión de voluptuosidad es lo que hace refulgir a los ojos del hombre la embaucadora imagen de una felicidad soberana en los brazos de la belleza, no igualada por ninguna otra humana criatura ante sus ojos; ilusión es también cuando se imagina que la posesión de un solo ser en el mundo le otorga de seguro una dicha sin medida y sin límites. Figúrese que sacrifica afanes y esfuerzos en pro sólo de su propio goce, mientras que en realidad no trabaja más que por mantener el tipo integral de la especie, por crear cierto individuo enteramente determinado, que necesita de esa unión para realizarse y llegar a la existencia. De tal modo es así, que el carácter del instinto es el de obrar en vista de una finalidad de que, sin embargo, no se tiene idea. Impelido el hombre por la ilusión que le posee, tiene a veces horror al objetivo adonde va guiado, que es la procreación de los seres, y hasta quisiera oponerse a él; este caso acontece en casi todos los amores ilícitos.

Una vez satisfecha su pasión, todo amante experimenta un especial desengaño: se asombra de que el objeto de tantos deseos apasionados no le proporcione más que un placer efímero, seguido de un rápido desencanto. En efecto, ese deseo es a los otros deseos que agitan el corazón del hombre como la especie es al individuo, como el infinito es a lo finito. Sólo la especie se aprovecha de la satisfacción de ese deseo, pero el individuo no tiene conciencia de ello. Todos los sacrificios que se ha impuesto, impulsado por el genio de la especie, han servido para un fin que no es el suyo propio. Por eso todo amante, una vez realizada la grande obra de la naturaleza, se llama a engaño; porque la ilusión que le hacía víctima de la especie se ha desvanecido. Platón dice muy bien: «*Voluptas omnium maxime vaniloqua.*»

Estas consideraciones dan nueva luz acerca de los instintos y del sentido estético de los animales. También son esclavos ellos de esa especie de ilusión que hace brillar ante sus ojos el engañoso espejismo de su propio goce, mientras tan asiduamente y con tan absoluto desinterés trabajan en pro de la especie. Así fabrica su nido el ave, y así busca el insecto el propicio lugar donde poner sus huevos; o bien se entrega a la caza de una presa de que él mismo no ha de gozar nunca, que sólo ha de servir de alimento a las futuras larvas, y la cual coloca junto a los huevos. Así, la abeja, la avispa, la hormiga, trabajan en sus construcciones futuras y toman las más complicadas disposiciones. Lo que dirige a todos estos bichos es evidentemente una ilusión que pone al servicio de la especie el antifaz de un interés egoísta. Tal es la única explicación verosímil del fenómeno interno y subjetivo que dirige las manifestaciones del instinto. Pero al ver las cosas desde fuera, advertimos en los animales más esclavos del instinto—sobre todo en los insectos—un predominio del sistema ganglionar, es decir, del sistema nervioso subjetivo, sobre el sistema cerebral u objetivo, de donde es preciso inducir que los animales, no tanto son impelidos por una inteligencia objetiva y exacta cuanto por representaciones subjetivas, excitaciones de deseos que nacen de la acción del sistema ganglionar sobre el cerebro. Esto prueba que también ellos están bajo el imperio de una especie de ilusión, y tal será siempre la marcha fisiológica de todo instinto.

Como aclaración, mencionaré también otro ejemplo del instinto en el hombre—si bien es cierto que menos característico—, y es el apetito caprichoso de las mujeres encinta. Parece nacer de que el crecimiento del embrión exige a veces una modificación particular o determinada de la sangre que a él afluye. Entonces el alimento más favorable preséntase al punto al espíritu de la mujer encinta como el objeto de un vivo antojo. También hay en esto una ilusión. Parece, pues, que la mujer tiene un instinto más que el hombre; también está más desarrollado en ella el sistema ganglionar. El excesivo predominio del cerebro explica cómo hay en el hombre menos instintos que en los brutos, y cómo sus instintos se pueden extraviar algunas veces. Así, por ejemplo, el sentido de la belleza, que dirige la selección al ir en busca del amor, se extravía cuando degenera en vicio «contra natura». Asimismo, cierta mosca *(musca vomitoria)*, en lugar de poner sus huevos, conforme a su instinto, en una carne en descomposición, los deposita en la flor del *arum draeumulus*, extraviada por el olor cadavérico de esta planta.

El amor tiene, pues, por fundamento un instinto dirigido a la reproducción de la especie. Esta verdad nos parecerá clara hasta la evidencia si examinamos la cuestión en detalle, como vamos a hacerlo.

Ante todo, preciso es considerar que el hombre propende por naturaleza a la inconstancia en el amor, y la mujer a la fidelidad. El amor del hombre disminuye de una manera perceptible a partir del instante en que ha obtenido satisfacción. Parece que cualquier otra mujer tiene más atractivo que la que posee; aspira al cambio.

Por el contrario, el amor de la mujer crece a partir de ese instante. Esto es una consecuencia del objetivo de la naturaleza, que se encamina al sostén, y por tanto, al crecimiento más considerable posible de la especie.

En efecto, el hombre con facilidad puede engendrar más de cien hijos en un año, si tiene otras tantas mujeres a su disposición; la mujer, por el contrario, aunque tuviese otros tantos varones a su disposición, no podría dar a luz más que un hijo al año, salvo los gemelos. Por eso anda el hombre siempre en busca de otras mujeres, al paso que la mujer permanece fiel a un solo hombre, porque la naturaleza la impele, por instinto y sin reflexión, a conservar junto a ella a quien debe alimentar y proteger a la futura familia menuda.

De aquí resulta que la fidelidad en el matrimonio es artificial para el hombre y natural en la mujer, y por consiguiente (a causa de sus consecuencias y por ser contrario a la naturaleza), el adulterio de la mujer es mucho menos perdonable que el del hombre.

Quiero llegar al fondo de las cosas y acabar de convenceros, probándoos que por objetivo que pueda parecer el gusto por las mujeres, no es, sin embargo, más que un instinto disfrazado, es decir, el sentido de la especie, que se esfuerza en mantener el tipo de ella. Debemos investigar más de cerca y examinar más especialmente las consideraciones que nos dirigen a perseguir ese placer, aunque hagan extraña figura en una obra filosófica los detalles que vamos a indicar aquí. Estas consideraciones se dividen como sigue: en primer término, las que conciernen directamente al tipo de la especie, es decir, la belleza; las que atienden a las cualidades psíquicas, y por último, las consideraciones puramente relativas, la necesidad de corregir unas por otras las disposiciones particulares y anormales de los dos individuos procreadores. Examinemos por separado cada una de esas divisiones.

La primera consideración que nos dirige al simpatizar y elegir es la de la edad. En general, la mujer que elegimos se encuentra en los años comprendidos entre el final y el comienzo del flujo menstruo; por tanto, damos decisiva preferencia al período que media entre las edades de quience a veintiocho años. No nos atrae ninguna mujer fuera de las precedente condiciones. Una mujer de edad, es decir, incapaz de tener hijos, no nos inspira más que un sentimiento de aversión. La juventud sin belleza tiene siempre atractivo, pero ya no lo tiene tanto la hermosura sin juventud.

Con toda evidencia, la inconsciente intención que nos guía no es otra sino la posibilidad general de tener hijos. Por consiguiente, todo individuo pierde en atractivo para el otro sexo según se encuentre más o menos alejado del período propio para la generación o la concepción.

La segunda consideración es la salud: las enfermedades agudas no turban nuestras inclinaciones sino de un modo transitorio; por el contrario, las enfermedades crónicas, las caquexias, asustan o apartan, porque se transmiten a los hijos.

La tercera consideración es el esqueleto, porque es el fundamento del tipo de la especie. Después de la edad y de la enfermedad, nada nos aleja tanto como una conformación defectuosa; ni aun el rostro más hermoso podría indemnizarnos de una espalda encorvada; por el contrario, siempre será preferido un rostro feo sobre un torso recto. Un defecto del esqueleto es lo que siempre os choca más; por ejemplo, un talle rechoncho y enano, piernas demasiado cortas o el andar cojeando, si no es como consecuencia de un accidente exterior; por el contrario, un cuerpo notablemente hermoso compensa muchos defectos y nos hechiza. La extremada importancia que damos todos a los pies pequeños tiene también relación con estas consideraciones. En efecto, son un carácter esencial de la especie, pues no hay animal alguno que tenga tan pequeños como el hombre el torso y el metatarso juntos, lo que depende de su paso en actitud vertical: es un plantígrado. Jesús

Sirach dice a este propósito: «Una mujer de buenas formas y bonitos pies es como columnas de oro sobre zócalos de plata.» No es menor la importancia de los dientes, porque sirven para la nutrición y son especialmente hereditarios.

La cuarta consideración es cierta plenitud de carnes, es decir, el predominio de la facultad vegetativa, de la plasticidad, porque ésta promete al feto un alimento rico; por eso una mujer alta y flaca es repulsiva de un modo sorprendente. Los pechos bien redondos y de buena forma ejercen una notable fascinación sobre los hombres, porque, hallándose en relación directa con las funciones genésicas en la mujer, prometen rico alimento al recién nacido. Por el contarrio, mujeres gordas con exceso excitan repugnancia en nosotros, porque ese estado morboso es un signo de atrofia del útero, y por consiguiente, una señal de esterilidad. No es la inteligencia quien sabe esto, es el instinto.

La belleza de la cara no se toma en consideración sino en último lugar. También aquí lo que ante todo choca más es la parte ósea: más que nada, se busca una nariz bien hecha; al paso que una nariz corta, arremangada, lo desluce todo. Una ligera inclinación de la nariz hacia arriba o hacia abajo ha decidido de la suerte de infinidad de mujeres jóvenes, y con razón, porque se trata de mantener el tipo de la especie. La pequeñez de la boca, formada por unos huesos maxilares pequeños, es esencialísima como carácter específico del rostro humano, en oposición al hocico de los demás animales. La barba escurrida, o más bien dicho, amputada, es particularmente repulsiva, porque un rasgo característico de nuestra especie es la barbilla prominente, *mentum prominentum*. En último término, se consideran los ojos y la frente hermosos, los cuales se relacionan con las cualidades psíquicas, sobre todo con las cualidades intelectuales, que forman parte de la herencia por la madre.

Naturalmente, no podemos enumerar con tanta exactitud las consideraciones inconscientes a las cuales se adhiere la inclinación de la mujer.

He aquí lo que, de una manera general, puede afirmarse. Las mujeres prefieren en el hombre, a cualquiera otra edad, la de treinta a treinta y cinco años, aun por encima de los hombres jóvenes que, sin embargo, representan la flor de la belleza masculina. La causa de eso es que se guían, no por el gusto, sino por el instinto, que reconoce en esos años el apogeo de la potencia genésica. En general, hacen muy poco caso de la hermosura, sobre todo de la del rostro, como si ellas solas se encargasen de transmitirla al hijo. La fuerza y la valentía del hombre son, sobre todo, las que conquistan su corazón, porque estas cualidades prometen una generación de robustos hijos y parecen asegurarles para lo venidero un protector animoso. Todo defecto corporal del hombre, toda desviación del tipo, puede suprimirlos la mujer para el hijo en la generación si las partes correspondientes en la constitución de ella a las defectuosas en el hombre son intachables o aun están exageradas en sentido inverso. Sólo hay que exceptuar las cualidades del hombre peculiares de su sexo, y que, por consiguiente, la madre no puede dar al hijo; por ejemplo, la estructura masculina del esqueleto, de anchos hombros, caderas estrechas, piernas rectas, fuerza muscular, valentía, barbas, etc. De aquí procede que a menudo amen las mujeres a hombres feísimos, pero nunca a hombres afeminados, porque no pueden ellas neutralizar semejante defecto.

El segundo orden de consideraciones que importan en el amor concierne a las cualidades psíquicas. Encontraremos aquí que las cualidades del corazón o del carácter en el hombre son las que atraen a la mujer, porque el hijo recibe estas cualidades de su padre. Ante todo, sirven para ganar a la mujer una voluntad firme, la decisión y el arrojo y acaso la rectitud y la bondad de corazón. Por el contrario, las cualidades intelectuales no ejercen sobre ella ninguna acción directa o instintiva, precisamente porque el padre no las transmite a sus hijos. La necedad no perjudica para con las mujeres. Con frecuencia causa un efecto desfavorable por su desproporción un talento superior o el genio mismo. Así se ve a menudo a un hombre, necio y grosero suplantar cerca de las mujeres a un hombre bien formado, ingenioso y amable. Hasta se ven matrimonios por amor entre seres lo más desemejantes posible desde el punto de vista del espíritu; por ejemplo, el hombre brutal, robusto y romo de entendimiento; ella dulce, impresionable, aguda en el pensar, instruida, llena de buen gusto, etc.; o bien el hombre muy sabio, un genio, y ella una gansa.

La razón de esto es que las consideraciones predominantes en el amor no tienen nada de intelectual y se refieren al instinto.

Lo que se tiene en cuenta para el matrimonio no es una conversación llena de gracia, sino la procreación de hijos; el matrimonio es un vínculo de los corazones y de las cabezas. Cuando una mujer afirma que está prendada del talento de un hombre, esto no es más que una presunción vana y ridícula o la exaltación de un ser degenerado. Por el contrario, en el amor instintivo de los hombres no se ven clasificados por las cualidades de carácter de la mujer; por eso tantos Sócrates han encontrado sus Jantipas; por ejemplo, Shakespeare, Durero, Byron, etcétera. Las cualidades intelectuales tienen una gran influencia tratándose de la mujer, porque se transmiten por la madre. Sin embargo, su influjo se ve fácilmente sobrepujado por el de la belleza corpórea, que obra de un modo más directo sobre puntos más esenciales. Acontece, no obstante, que madres instruidas por propia experiencia de ese influjo intelectual hacen aprender a sus hijas las bellas artes, los idiomas, etc., para hacerlas atractivas a sus futuros maridos; tratan así de ayudar a la inteligencia por medios artificiales, lo mismo que, si viene el caso, tratan de desarrollar las caderas y el pecho. Advirtamos que sólo se trata aquí del atractivo por instinto e inmediato, único que da origen a la verdadera pasión del amor. Que una mujer inteligente e instruida aprecie la inteligencia y el talento en un hombre, que un hombre razonable y reflexivo pruebe el carácter de su prometida y lo tenga en cuenta, eso nada hace para el asunto de que aquí tratamos. Así procede la razón en el matrimonio cuando es ella quien elige, pero no el amor apasionado, único, que nos ocupa.

Hasta el presente no he tenido en cuenta sino consideraciones absolutas, es decir, de un efecto general. Paso ahora a las consideraciones relativas, que son individuales, porque en este caso el fin es rectificar el tipo de la especie ya alterado, corregir los extravíos de tipo que la misma persona que elige tiene ya, y volver así a una pura representación de aquel tipo.

Cada cual ama precisamente lo que le falta. La

elección individual que se funda en estas consideraciones por completo relativas es mucho más determinada, más resuelta y más exclusiva que la elección fundada sólo en consideraciones absolutas. De las consideraciones relativas nace, por lo común, el amor apasionado, mientras que los amores comunes y pasajeros sólo se guían por consideraciones absolutas. No siempre la hermosura perfecta y cabal inflama las grandes pasiones. Para una inclinación verdaderamente apasionada se necesita una condición que sólo podemos expresar por una metáfora tomada de la química. Las dos personas deben neutralizarse una a otra, como un ácido y un álcali forman una sal neutra. Toda constitución sexual es una constitución incompleta: la imperfección varía según los individuos. En uno y otro sexo, cada ser no es más que una parte incompleta e imperfecta del todo. Pero esta parte puede ser más o menos considerable, según las naturalezas. Por eso cada individuo encuentra su complemento natural en cierto individuo del otro sexo que representa la fracción indispensable para el tipo completo, que lo concluye y neutraliza sus defectos y produce un tipo cabal de la humanidad en el nuevo individuo que debe nacer. Todo conspira sin cesar a la constitución de ese ser futuro. Los fisiólogos saben que la sexualidad en el hombre y en la mujer tiene innumerables grados. La virilidad puede descender hasta el horrible ginandro, hasta el hipospadias. Asimismo hay en las mujeres graciosos andróginos. Los dos sexos pueden llegar al hermafroditismo completo, y estos individuos, que constituyen el justo medio entre los dos sexos y no forman parte de ninguno, son incapaces de reproducirse. Para la neutralización de dos individualidades una por otra, es preciso que el determinado grado de sexualidad en cierto hombre corresponda exactamente al grado de sexualidad en cierta mujer, a fin de que esas dos disposiciones parciales se compensen la una a la otra con exactitud.

Así es que el hombre más viril buscará a la mujer más femenina, y viceversa. Los amantes miden por instinto esta parte proporcional necesaria a cada uno de ellos, y ese cálculo inconsciente se encuentra, con las demás consideraciones, en el fondo de toda gran pasión. Por eso, cuando los enamorados hablan en tono patético de la armonía de sus almas, casi siempre debe sobrentenderse la armonía de las cualidades físicas propias de cada sexo, y de tal naturaleza que puedan engendrar un ser perfecto, armonía que importa mucho más que el concierto de sus almas, el cual, después de la ceremonia, suele convertirse en chillona discordancia. Únense a esto las consideraciones relativas más lejanas, que se fundan en el hecho de que cada cual se esfuerza por neutralizar, por medio de la otra persona, sus debilidades, sus imperfecciones y todos los extravíos del tipo normal, por temor a que se perpetúen en el hijo futuro o de que se exageren y lleguen a ser deformidades.

Cuando más débil es un hombre, desde el punto de vista de la fuerza muscular, más buscará mujeres fuertes, y la mujer obrará lo mismo. Pero como es una ley de la naturaleza que la mujer tenga una fuerza muscular menor, también está en la naturaleza el que las mujeres prefieran a los hombres robustos. La estatura es también una consideración importante. Los hombres bajitos tienen decidida inclinación a las mujeres grandes, y recíprocamente... La aversión de las mujeres grandes por los hombres grandes está en el fondo de las miras de la naturaleza, a fin de evitar una raza gigantesca, cuando la fuerza transmitida por la madre sería demasiado débil para asegurar larga duración a esta raza excepcional.

Si una mocetona elige por marido a un mocetón, entre otros móviles, por hacer mejor figura en sociedad, sus descendientes expiarán esta locura... Hasta en las diversas partes del cuerpo busca cada cual un correctivo a sus defectos, a sus desviaciones, con tanto mayor cuidado cuanto más importante sea la parte. Por ejemplo, las personas de nariz chata contemplan con inexplicable placer una nariz aguileña, un perfil de loro, y así por el estilo. Los hombres de formas escuálidas, de largo esqueleto, admiran a una personilla que cabe bajo una taza y corta en exceso.

Lo mismo sucede con el temperamento: cada cual prefiere el opuesto al suyo, y su preferencia es proporcional siempre a la energía de su propio temperamento. Y no es que una persona perfecta en alguna de sus partes ame las perfecciones contrarias, sino que las soporta con más facilidad que otras las soportarían. Los hijos encuentran en esas cualidades una garantía contra una imperfección más grande. Por ejemplo, una persona muy blanca no sentirá repugnancia por un tinte aceitunado; pero a los ojos de una persona de tez negruzca, un tinte de una blancura deslumbradora le parece divinamente hermoso. Hay casos excepcionales, en que un hombre puede prendarse de una mujer decididamente fea. Esto es, conforme a nuestra ley de concordancia de los sexos, cuando el conjunto de los defectos e irregularidades físicas de la mujer son exactamente lo opuesto, y, por consiguiente, el correctivo de los del hombre. Entonces llega la pasión, por lo general, a un grado extraordinario.

Sin sospecharlo, el individuo obedece en todo esto a una orden superior, la de la especie. De aquí la importancia que otorga a ciertas cosas, las cuales pudieran y debieran serle indiferentes como individuo. Nada hay tan extraño como la seriedad profunda e inconsciente con que se observan uno a otro dos jóvenes de diferente sexo que se ven por vez primera, la mirada inquiridora y penetrante que uno a otro se dirigen, la minuciosa inspección que todas las facciones y todas las partes de sus personas respectivas tienen que afrontar. Este examen es la «meditación del genio de la especie» sobre el hijo que podrían procrear y la combinación de sus elementos constitutivos. El resultado de esta meditación determinará el grado de su inclinación mutua y de sus recíprocos deseos. Después de alcanzar cierto grado, ese primer impulso puede suspenderse de pronto por el descubrimiento de algún detalle inadvertido hasta entonces. Así medita el genio de la especie la generación futura, y la gran labor de Cupido, que especula, se ingenia y obra sin cesar, consiste en preparar la constitución de aquélla.

Poco importa la ventaja de los efímeros individuos ante los grandes intereses de la especie entera, presente y futura: el dios está siempre dispuesto a sacrificar a los primeros sin compasión. El genio de la especie es relativamente a los individuos como un inmortal es a los mortales, y sus intereses son a los de los hombres como el infinito es a lo finito. Sabiendo, pues, que administra bienes superiores a aquellos que sólo conciernen a un bien o un mal individual, los gestiona con una impasibilidad suprema, en medio del tumulto de la guerra, en la agitación de los negocios, a través de los horrores de una peste, y aun los persigue hasta en el retiro del claustro.

Más atrás hemos visto que la intensidad del amor crece conforme se individualiza. Lo hemos probado. La constitución física de los individuos puede ser tal, que, para mejorar el tipo de la especie y devolverle toda su pureza, deba ser uno de esos individuos el complemento del otro. Un deseo mutuo y exclusivo los atrae entonces, y sólo por el hecho de fijarse en un objeto único y que representa al mismo tiempo una misión especial de la especie, ese deseo adquiere al punto un carácter noble y elevado. Por la razón opuesta, el puro instinto sexual es un instinto vulgar, porque no se dirige a un individuo único, sino a todos, y sólo trata de conservar la especie por el número nada más y sin preocuparse de la calidad. Cuando el amor aficiona a un ser único, logra entonces tal intensidad, tal grado de pasión, que, si no puede ser satisfecho, pierden su valor todos los bienes del mundo y la misma vida. Es una pasión de una violencia sin igual, que no retrocede ante ningún sacrificio y puede conducir a la locura o al suicidio. Las causas inconscientes de una pasión tan excesiva deben diferir de las que hemos puesto en claro más arriba, y son menos aparentes. Preciso es que admitamos que aquí no se trata sólo de adaptación física, sino que, además, la voluntad del hombre y la inteligencia de la mujer tienen entre sí una concordancia especial, que hace que sólo ellos puedan engendrar cierto ser enteramente determinado; la existencia de ese ser es lo que tiene aquí por punto de mira el genio de la especie, por razones ocultas en la cosa en sí y que no son accesibles para nosotros. En otros términos: la voluntad de vivir desea en este caso objetivarse en un individuo exactamente predeterminado, y que sólo puede engendrar ese padre unido a esta madre. Ese deseo metafísico de la voluntad en sí no tiene, desde luego, otra esfera de acción en la serie de los seres más que los corazones de los futuros padres. Arrebatados por este impulso, se imaginan no desear sino para sí mismos lo que sólo tiene una finalidad puramente metafísica, es decir, fuera del círculo de las cosas existentes en realidad. Así, pues de la fuente original de todos los seres brota esa aspiración de un ser futuro, que encuentra la ocasión única para llegar a la vida, y esta aspiración se manifiesta en la realidad de las cosas por la pasión elevada y exclusiva de los padres futuros uno por otro.

En el fondo no es más que una ilusión, que impulsa a un enamorado a sacrificar todos los bienes en la tierra por unirse a una mujer, y, sin embargo, ella no puede darle ninguna cosa más que otra mujer. Tal es el único fin que se persigue, y prueba de ello es que esta pasión se extingue con el goce, lo mismo que las demás, con gran asombro de los interesados.

También se extingue cuando, hallándose estéril la mujer (lo que, según Hulefand, puede resultar de diecinueve vicios de constitución accidentales), se desvanece el fin metafísico, millones de gérmenes desaparecen así cada día, en los cuales, no obstante, aspira también al ser el mismo principio metafísico de la vida. Para esto no hay consuelo alguno, a no ser el de que la voluntad de vivir dispone del infinito en el espacio, en el tiempo y en la materia, y que tiene abierta una ocasión inagotable de volver...

El deseo amoroso, que los poetas de todos los tiempos se esfuerzan por expresar con mil formas, sin agotar nunca el asunto, ni siquiera igualarlo; ese deseo, que une a la posesión de cierta mujer la idea de una felicidad infinita y un dolor inexpresable al pensamiento de no poder conseguirla; ese deseo y este dolor amorosos no pueden tener por principio las necesidades de un individuo efímero; ese deseo es el suspiro del genio de la especie, quien, para realizar sus propósitos, ve una ocasión única que aprovechar o perder, y exhala hondos gemidos. Sólo la especie tiene una vida sin fin, ella sola es capaz de satisfacciones y de dolores infinitos. Pero encuéntranse éstos aprisionados dentro del mezquino pecho de un mortal. ¡Qué tiene de extraño, cuando ese pecho parece estallar y no puede encontrar ninguna expresión que pinte el presentimiento de voluptuosidad o de pena infinitas que le invade! Éste es el asunto de toda poesía erótica de un género elevado, de esas metáforas trascendentes que se ciernen muy por encima de las cosas terrenas. Esto es lo que inspiraba a Petrarca, lo que agitaba a los Saint-Grieux, a los Werther y a los Jacobo Ortis. Sin eso, serían incomprensibles e inexplicables. Ese precio infinito que los amantes se conceden uno a otro no puede fundarse en raras cualidades intelectuales o en cualidades objetivas o reales, sencillamente porque los enamorados no se conocen uno a otro con bastante exactitud: tal era el caso de Petrarca. El espíritu de la especie es el único que de una sola mirada puede ver qué valor tienen los amantes para él y cómo le pueden servir para sus fines. Por eso las grandes pasiones suelen nacer a la primera mirada.

Si la pérdida de la mujer amada, sea por obra de un rival o por la de la muerte, causa al amante apasionado un dolor que excede a todos los demás, es precisamente porque este dolor es de una naturaleza trascendente, y no le hiere sólo como individuo, sino en la vida de la especie, de la que estaba encargado de realizar la voluntad especial. De aquí proviene que los celos estén tan llenos de tormentos y sean tan feroces, y que el más grande de todos los sacrificios sea el de renunciar a la persona amada.

Un héroe se ruborizaría de exhalar quejas vulgares, pero no quejas de amor, porque entonces no es él, es la especie quien se lamenta. En *La gran Zenobia*, de Calderón, hay en el segundo acto una escena entre Zenobia y Decio, donde dice éste:

> ¡Cielo!, ¿luego tú me quieres?
> Perdiera cien mil victorias,
> volviérame..., etc.

Aquí, pues, el honor, que hasta entonces superaba a cualquier otro interés, ha sido vencido y puesto en fuga tan pronto como el amor, es decir, el interés de la especie, entra en escena y trata de conseguir el triunfo decisivo... Sólo ante este interés ceden el honor, el deber y la fidelidad, después de haber resistido a todas las demás tentaciones, hasta a las amenazas de muerte.

Asimismo, no hay en la vida privada punto en el cual sea más rara la probidad escrupulosa. Las personas más honestas en lo demás y más rectas la echan aquí a un lado y cometen el adulterio, con menosprecio de todo, cuando se apodera de ellas el amor apasionado, es decir, el interés de la especie. Hasta parece que creen tener conciencia de un privilegio superior, tal como los intereses individuales nunca podrían concederlo semejante, precisamente porque obran en interés de la especie. Merece señalarse, desde este punto de vista, el pensamiento de Chamfort: «Cuando un hombre y una mujer tienen uno por otro una pasión violenta, siempre me parece que, sean cuales fueren los obstáculos que los separan, marido, padres, etc., los dos amantes son uno de otro por mandato de la naturaleza, que se pertenecen recíprocamente por derecho divino, a pesar de las leyes y convenciones humanas.» Si se alzasen protestas contra esta teoría, bastaríanos recordar la asombrosa indulgencia con que en el evangelio trata Jesús a la mujer adúltera, cuando presume la misma falta en todos los presentes.

Desde este mismo punto de vista, la mayor parte del *Decamerón* parece ser una pura burla, un puro sarcasmo del genio de la especie contra los derechos y los intereses de los individuos, que tira por los suelos.

El genio de la especie separa y anonada sin esfuerzo todas las diferencias de alcurnia, todos los obstáculos, todas las barreras sociales. Disipa, cual una leve arista, todas las instituciones humanas, sin cuidarse más que de las generaciones futuras. Bajo el imperio de un interés amoroso desaparece todo peligro y hasta el ser más pusilánime encuentra valor.

Y en la comedia y la novela, ¡con qué placer, con qué simpatía acompañamos a los jóvenes que defienden su amor, es decir, el interés de la especie, y que triunfan de la hostilidad de los padres, únicamente preocupados de los intereses individuales! Tanto como la especie sobrepuja al individuo, otro tanto supera la pasión en importancia, elevación y justicia a todo lo que contraría. Por eso el asunto fundamental de casi todas las comedias es la entrada en escena del genio de la especie, con sus aspiraciones y sus proyectos, amenazando los intereses de los demás personajes de la obra y tratando de sepultar la felicidad de éstos.

Generalmente lo consigue, y el desenlace, conforme con la justicia poética, satisface al espectador, porque este último comprende que los designios de la especie son muy superiores a los de los individuos. Después del desenlace, sale de allí consolado del todo, dejando victoriosos a los enamorados, asociándose a la ilusión de que han puesto los cimientos de su propia ventura, cuando en realidad no han hecho más que sacrificarla en aras del bien de la especie, a pesar de las previsiones y la oposición de sus padres. En ciertas extrañas comedias se ha tratado de volver las cosas al revés y llevar a buen término la felicidad de los individuos a expensas de los fines de la especie; pero en este caso el espectador experimenta el mismo dolor que el genio de la especie, y no podría consolarle la ventaja segura de los individuos. Acuden a mi memoria como ejemplo algunas obras muy conocidas: *La reina de dieciséis años*, *El casamiento razonable*. En las tragedias donde se trata de amor, los amantes casi siempre sucumben porque no han podido hacer triunfar los fines de la especie, de los cuales eran sólo instrumento; así sucede en *Romeo y Julieta*, *Tancredo*, *Don Carlos*, *Wallenstein*, *La desposada de Mesina* y tantas otras.

Un enamorado lo mismo puede llegar a ser cómico que trágico, porque en uno y otro caso está en manos del genio de la especie, que le domina hasta el punto de enajenarlo de sí mismo. Sus acciones son desproporcionadas con respecto a su carácter. De aquí proviene, en los grados superiores de la pasión, ese colorido tan poético y tan sublime que reviste sus pensamientos, esa elevación trascendente y sobrenatural que parece hacerle perder de vista en absoluto el objetivo enteramente físico de su amor. Es que entonces le animan el gentío de la especie y sus intereses superiores. Ha recibido la misión de fundar una serie indefinida de generaciones dotadas de cierta constitución y formadas por ciertos elementos que no pueden hallarse más que en un solo padre y en una sola madre. Esta unión, y sólo ésta, puede dar existencia a la generación determinada que la voluntad de vivir exige expresamente. El presentimiento que tiene de obrar en circunstancias de una importancia tan trascendente eleva al amante a tal altura sobre las cosas terrenas y hasta sobre sí mismo, y reviste sus deseos materiales con una apariencia tan inmaterial, que el amor es un episodio poético hasta en la vida del hombre más prosaico, lo que a veces le ridiculiza. Esta misión que la voluntad cuidadosa de los intereses de la especie impone al amante se presenta bajo el disfraz de una ventura infinita que espera encontrar en la posesión de la mujer amada. En los grados supremos de la pasión es tan brillante esta quimera, que, si no puede conseguirse, la misma vida pierde todos sus encantos, parece desde entonces tan exhausta de alegrías, tan sosa y tan insípida, que el disgusto que por ella se siente supera aun el espanto de la muerte, y el infeliz abrevia a veces sus días voluntariamente. En este caso, la voluntad del hombre ha entrado en el torbellino de la voluntad de la especie, o bien esta última arrolla de tal modo a la voluntad individual, que si el amante no puede obrar en representación de esta voluntad de la especie, renuncia a obrar en nombre de la suya propia.

El individuo es un vaso harto frágil para contener la aspiración infinita de la voluntad de la especie concentrada sobre un objeto determinado. Desde entonces no tiene más salida que el suicidio, a veces el doble suicidio de los dos amantes, a menos de que la naturaleza, por salvar la existencia, no deje sobrevenir la locura, que cubre con su velo la conciencia de un estado desesperado. Todos los años vienen a confirmar esta verdad varios casos análogos.

Pero no es sólo la pasión quien a veces tiene un desenlace trágico. El amor satisfecho conduce también más a menudo a la desdicha que a la felicidad. Porque las exigencias del amor, en conflicto con el bienestar personal del amante, son tan incompatibles con las otras circunstancias de la vida y sus planes acerca de lo venidero, que minan todo el edificio de sus proyectos, de sus esperanzas y de sus ensueños.

El amor no sólo está en contradicción con las relaciones sociales, sino que, a menudo, también lo está con la naturaleza íntima del individuo, cuando se fija en personas que, fuera de las relaciones sexuales, serían odiadas por su amante, menospreciadas y hasta aborrecidas. Pero la voluntad de la especie tiene tanto poder sobre el individuo, que el amante impone silencio a sus repugnancias y cierra los ojos acerca de los defectos de aquella a quien ama; pasa de ligero por todo, lo desconoce todo, y se une para siempre al objeto de su pasión. ¡Tanto es lo que le deslumbra esa ilusión que se desvanece en cuanto queda satisfecha su voluntad de la especie y que deja tras de sí para toda la vida una compañera a quien se detesta!

Sólo así se explica que hombres razonables y hasta distinguidos se enlacen con arpías y se casen con perdidas y no comprendan cómo han podido hacer tal elección. He aquí por qué los antiguos representaban a Cupido con una venda en los ojos. Hasta puede suceder que un enamorado reconozca con claridad los vicios intolerables de temperamento y de carácter en su prometida, que le presagian una vida tormentosa, y hasta puede ocurrir que sufra por eso amargamente, sin tener valor para renunciar a ella.

Esto es porque en el fondo no persigue su propio interés, aun cuando se lo imagine, sino el de un tercer individuo que debe nacer de ese amor. Este desinterés, que en todas partes es el sello de la grandeza, da aquí al amor apasionado una apariencia sublime y le hace digno objeto de la poesía. Por último, acontece que el amor se concilia con el odio más violento al ser amado, y por eso lo compara Platón al amor de los lobos a las ovejas. Preséntase este caso cuando un amante apasionado, a pesar de todos los esfuerzos y de todas las súplicas, no puede a ningún precio hacerse escuchar.

Enardécele entonces el odio contra la persona amada, llegando hasta el punto de matar a la que quiere y darse luego la muerte. Todos los años se presentan ejemplos de esta clase y se encuentran en los periódicos. Cuánta verdad hay en estos versos de Goethe:

> ¡Por todo amor despreciado!
> ¡Por las furias del infierno!
> ¡Quisiera yo conocer
> algo más atroz que aquesto!

Cuando un amante trata de crueldad la esquivez de su amada o el gusto de ella en hacerle sufrir, esto no es verdaderamente una hipérbole. Hállase, en efecto, bajo la influencia de una inclinación que, análoga al instinto de los insectos, le obliga, a despecho de la razón, a perseguir en absoluto sus fines y descuidar todo lo demás. Más de un Petrarca ha tenido que arrastrar sin esperanza su amor a lo largo de toda su vida, como una cadena de hierro en los pies, y exhalar sus suspiros en la soledad de los bosques. Pero no ha habido más que un Petrarca dotado al mismo tiempo del don de poesía. A él se aplican los hermosos versos de Goethe:

Y cuando el hombre en su dolor se calla,
me ha dado un dios que exprese cuanto sufro.

El genio de la especie está siempre en guerra con los genios protectores de los individuos. Es su perseguidor y su enemigo, siempre dispuesto a destruir sin cuartel la felicidad personal para lograr sus fines. Se ha visto depender a veces de sus caprichos la salud de naciones enteras. Shakespeare nos da un ejemplo de ello en su *Enrique IV.* En efecto, la especie en donde arraiga nuestro ser tiene sobre nosotros un derecho anterior y más inmediato que el individuo: sus asuntos son antes que los nuestros. Así lo presintieron los antiguos, cuando personificaron el genio de la especie en Cupido, dios hostil, dios cruel, a pesar de su aire de niño, dios justamente difamado, demonio caprichoso, despótico, y sin embargo, dueño de los dioses y de los hombres.

Flechas mortíferas, venda y alas son sus atributos. Las alas indican la inconstancia, séquito habitual de la desilusión que acompaña al deseo satisfecho.

En efecto, como la pasión se funda en una ilusión de felicidad personal, en provecho de la especie, una vez pagado a ésta el tributo, al decrecer, la ilusión tiene que disiparse. El genio de la especie, que había tomado posesión del individuo, le abandona de nuevo a su libertad. Desamparado por él, cae en los estrechos límites de su pobreza, y se asombra al ver que, después de tantos esfuerzos sublimes, heroicos e infinitos, no le queda más que una vulgar satisfacción de los sentidos. Contra lo que esperaba, no se encuentra más feliz que antes. Advierte que ha sido víctima de los engaños de la voluntad de la especie. Por eso, regla general, cuando Teseo consigue a su Ariadna, la abandona luego. Si hubiese sido satisfecha la pasión de Petrarca, hubiera cesado su canto, como el del ave en cuanto están puestos los huevos en el nido.

Notemos al paso que mi metafísica del amor desagradará de seguros a los enamorados que se han dejado coger en el garlito. Si fueran accesibles a la razón, la verdad fundamental que he descubierto les haría capaces, más que ninguna otra, de dominar su amor. Pero hay que atenerse a la sentencia del antiguo poeta cómico: *Quœ res in se neque consilium, neque modum habet ullum, eam consilio regere non potest.*

Los matrimonios por amor se conciertan en interés de la especie y no en provecho del individuo. Verdad es que los individuos se imaginan que trabajan por su propia dicha; pero el verdadero fin les es extraño a ellos mismos, puesto que no es más que la procreación de un ser que sólo por ellos es posible. Obedeciendo uno y otro al mismo impulso, naturalmente deben tratar de estar en el mejor acuerdo que puedan. Pero muy a menudo, gracias a esa ilusión instintiva, que es la esencia del amor, la pareja así formada se encuentra en todo lo demás en el desacuerdo más ruidoso. Bien se ve esto en cuanto la ilusión se ha desvanecido fatalmente: ocurre entonces que, por lo regular, son bastante desgraciados los matrimonios por amor, porque aseguran la felicidad de la generación venidera a expensas de la generación actual. «Quien se casa por amores ha de vivir con dolores», dice el proverbio español. Lo contrario sucede en los matrimonios de conveniencia, concertados la mayor de las veces según elección de los padres. Las consideraciones que determinan esta clase de enlaces, cualquiera que pueda ser la naturaleza de ellos, a lo menos tienen alguna realidad, y no pueden desaparecer por sí mismas. Estas consideraciones son capaces de asegurar la ventura de los esposos, pero a expensas de los hijos que deban nacer de ellos, y aun así es problemática esa felicidad.

El hombre que al casarse se preocupa más del dinero que de su inclinación vive más para el individuo que para la especie, lo cual es en absoluto opuesto a la verdad, a la naturaleza, y merece cierto menosprecio. Una joven soltera que, a pesar de los consejos de sus padres, rehúsa la mano de un hombre rico y joven aún y rechaza todas las consideraciones de conveniencia, para elegir según su gusto instintivo, hace en aras de la especie el sacrificio de su felicidad individual. Pero precisamente a causa de eso no puede negársele cierta aprobación, porque ha preferido lo que más importa, y obra según el sentir de la naturaleza (o de la especie, hablando con mayor exactitud), al paso que los padres la aconsejaban en el sentir del egoísmo individual. Parece, pues, que al concertarse una boda es preciso sacrificar los intereses de la especie o los del individuo. La mayoría de las veces así sucede: tan raro es ver las conveniencias y la pasión ir juntas de la mano.

La miserable constitución física, moral o intelectual de la mayor parte de los hombres proviene sin duda, en gran manera, de que por lo general se conciertan los matrimonios, no por pura elección o simpatía, sino por toda clase de consideraciones exteriores y conforme a circunstancias accidentales. Cuando, al mismo tiempo que las conveniencias, se respeta hasta cierto punto la inclinación, resulta una especie de transacción con el genio de la especie.

Ya se sabe que son muy escasos los matrimonios felices, porque la esencia del matrimonio es tener como principal objetivo, no la generación actual, sino la generación futura. Sin embargo, para consuelo de las naturalezas tiernas y amantes, añadamos que el amor apasionado se asocia a veces con un sentimiento del todo diferente; me refiero a la amistad que se funda en el acuerdo de los caracteres, pero no se declara hasta que el amor se extingue con el goce. El acorde de las cualidades complementarias, morales, intelectuales y físicas, necesario desde el punto de vista de la generación futura para hacer que nazca el amor, puede también, por una especie de oposición concordante de temperamentos y caracteres, producir la amistad desde el punto de vista de los mismos individuos.

Toda esta metafísica del amor que acabo de desarrollar aquí se enlaza íntimamente con mi metafísica en general, y he aquí cómo la ilumina con nueva luz.

Se ha visto que, en el amor de los sexos, la selección atenta, elevándose poco a poco hasta el amor apasionado, se funda en el alto y serio interés que el hombre se toma por la constitución especial y personal de la raza venidera. Esta simpatía, en extremo notable, confirma precisamente dos verdades presentadas en los anteriores capítulos: en primer término, la indestructibilidad del ser en sí que sobrevive al hombre en esas generaciones por venir. Esta simpatía tan viva y tan activa, que nace, no de la reflexión y de la intención, sino de las aspiraciones y de las tendencias más íntimas de nuestro ser, no podría existir de una manera tan indestructible y ejercer sobre el hombre tan gran imperio si el hombre fuese efímero en absoluto y si las generaciones se sucedieran real y absolutamente distintas unas de otras, sin más lazo que la continuidad del tiempo.

La segunda verdad es que el ser en sí reside en la especie, más que en el individuo. Porque este interés por la constitución especial de la especie —que es el origen de todo comercio amoroso, desde el capricho más fugaz hasta la pasión más seria— es, en verdad, para cada uno el mayor negocio, es decir, aquel cuyo éxito, bueno o malo, le afecta de la manera más sensible, y de donde le viene, por excelencia, el nombre de negocio del corazón. Por eso, cuando este interés ha hablado de una manera decisiva, se le subordina, y en caso preciso se le sacrifica cualquier otro interés que sólo concierna a la persona privada. Así prueba el hombre que la especie le importa más que el individuo, y que vive más directamente en la especie que en el individuo.

¿Por qué, pues, queda suspenso el enamorado, con completo abandono, de los ojos de aquella a quien ha elegido? ¿Por qué está dispuesto a sacrificarlo todo por ella? Porque la parte inmortal de su ser es lo que por ella suspira, al paso que cualquier otro de sus dioses sólo se refiere a su ser fugitivo y mortal. Esta aspiración viva, ferviente, dirigida a cierta mujer, es, pues, un gaje de la indestructibilidad de la esencia de nuestro ser y de su continuidad en la especie. Considerar esta continuidad como una cosa insuficiente e insignificante es un error que nace de que por continuidad de vida de la especie no se entiende otra cosa más que la existencia futura de seres semejantes a nosotros, pero en ninguna manera idénticos, y eso porque, partiendo de un conocimiento dirigido hacia las cosas exteriores, no se considera más que la figura exterior de la especie, tal como la concebimos por intuición, y no es su esencia íntima. Esta esencia oculta es precisamente lo que está en el fondo de nuestra conciencia y forma su punto céntrico, lo que es hasta más inmediato que esta conciencia; y en tanto que es cosa en sí, libre del *principium individuationis*, esta esencia se encuentra absolutamente idéntica en todos los individuos, lo mismo en los que existen entonces que en los que les suceden.

Esto es lo que, en otros términos, llamo yo «la voluntad de vivir», o sea, aquella aspiración apremiante a la vida y a la duración. Precisamente ésa es la fuerza que la muerte conserva y deja intacta, fuerza inmutable que no puede conducir a un estado mejor. Para todo ser vivo, el sufrimiento y la muerte son tan ciertos como la existencia. Puede, sin embargo, libertarse de los sufrimientos y de la muerte por la negación de la voluntad de vivir, que tiene por efecto desprender la voluntad del individuo de la rama de la especie y suprimir la existencia en la especie. No tenemos ninguna idea acerca de lo que entonces le sucede a esta voluntad, y nos faltan todos los datos sobre este punto. No podemos designar tal estado sino como aquel que tiene la libertad de ser o de no ser voluntad de vivir. Este último caso es lo que el budismo denomina *nirvana*. Éste es precisamente el punto que por su misma naturaleza queda siempre lejos del alcance de todo conocimiento humano.

Si, poniéndonos ahora en el punto de vista de estas últimas consideraciones, sumergimos nuestras miradas en el tumulto de la vida, vemos su miseria y sus tormentos ocupar a todos los hombres. Vemos a los hombres reunir todos sus esfuerzos para satisfacer necesidades sin término y preservarse de la miseria de mil aspectos, sin atreverse, no obstante, a esperar otra cosa que la conservación durante un corto período de tiempo de esta misma existencia tan atormentada.

Y he aquí que, en plena confusión de la lucha, vemos dos amantes cuyas miradas se cruzan llenas de deseos. Pero ¿por qué tanto misterio? ¿Por qué esos pasos temerosos y disimulados? Porque esos amantes son unos traidores que trabajan en secreto para perpetuar toda la miseria y todos los tormentos, que sin ellos tendrían un fin próximo, fin que pretenden hacer vano, cual vano lo hicieron otros antes que ellos.

* * *

Si el espíritu de la especie, que dirige a dos amantes sin que lo sepan, pudiese hablar por su boca y expresar ideas claras en vez de manifestarse por medio de sentimientos instintivos, la elevada poesía de tal diálogo amatorio, que en el actual lenguaje sólo habla, con imágenes novelescas y parábolas ideales, de aspiraciones infinitas, de presentimientos de una voluptuosidad sin límites, de felicidad inefable, de fidelidad eterna, etc., se manifestaría en la siguiente forma:

DAFNIS.—Quisiera regalar un individuo a la generación futura, y creo que tú podrías darle lo que a mí me falta.

CLOE.—Tengo la misma intención, y creo que tú podrías darle lo que yo no tengo. ¡Vamos a ver en un momento qué le damos!...

DAFNIS.—Yo le doy elevada estatura y fuerza muscular: tú no tienes ni una ni otra.

CLOE.—Yo le doy bellas formas y menudos pies; tú no tienes ni éstos ni aquéllas.

DAFNIS.—Yo le doy fina piel blanca, que tú no tienes.

CLOE.—Yo le doy cabellos negros y ojos negros; tú eres rubio.

DAFNIS.—Yo le doy nariz aguileña.

CLOE.—Yo le doy boca chiquita.

DAFNIS.—Yo le doy valentía y bondad, que no podrían venirle de ti.

CLOE.—Yo le doy hermosa frente, ingenio e inteligencia, que no podrían venirle de ti.

DAFNIS.—Talle derecho, bella dentadura, salud sólida, he aquí lo que recibe de nosotros dos. Realmente, los dos juntos podremos dotar de perfecciones al futuro individuo; por eso te deseo más que a ninguna otra mujer.

CLOE.—Y yo también te deseo.

Si se tiene en cuenta la inmutabilidad absoluta del carácter y de la inteligencia de cada hombre, preciso es admitir que para ennoblecer a la especie humana no es posible intentar nada exterior; obtendríase ese resultado, no por la educación y la instrucción, sino por vía de la generación. Éste es el parecer de Platón cuando, en el libro V de su *De la república*, expone aquel asombroso plan de acrecimiento y ennoblecimiento de la casta de los guerreros. Si se pudiese hacer eunucos a todos los pillastres, encerrar en conventos a todas las necias, proveer a las personas de carácter de todo un harén y de hombres (verdaderos hombres) a todas las jóvenes solteras inteligentes y graciosas, veríase bien pronto nacer una generación que nos daría una edad superior aún al siglo de Pericles.

Sin dejarnos llevar de planes quiméricos, hay para

reflexionar que si después de la pena de muerte se estableciese la castración como la pena más grande, se libraría a la sociedad de generaciones enteras de tunos, y esto con tanta mayor seguridad cuanto que, como se sabe, la mayoría de los crímenes se cometen entre las edades de veinte y treinta años.

* * *

Creo, como Sterne, que la voluptuosidad es muy seria.

Representaos la pareja más hermosa, la más encantadora: ¡cómo se atraen y repelen, se desean y se huyen con gracia, en un bello juego de amor! Llega el instante de la voluptuosidad: todo jugueteo, toda alegría graciosa y dulce han desaparecido de repente. La pareja se ha puesto seria. ¿Por qué? Porque la voluptuosidad es bestial, y la bestialidad no se ríe.

Las fuerzas de la naturaleza obran seriamente en todas partes. La voluptuosidad de los sentidos es lo opuesto al entusiasmo, que nos abre el mundo ideal. El entusiasmo y la voluptuosidad son graves y no traen consigo jugueteos.

LAS MUJERES

Sólo el aspecto de la mujer revela que no está destinada ni a los grandes trabajos de la inteligencia ni a los grandes trabajos materiales. Paga su deuda a la vida, no con la acción, sino con el sufrimiento, los dolores del parto, los inquietos cuidados de la infancia; tiene que obedecer al hombre, ser una compañera pacienzuda que le serene. No está hecha para los grandes esfuerzos ni para las penas o los placeres excesivos. Su vida puede transcurrir más silenciosa, más insignificante y más dulce que la del hombre, sin ser por naturaleza mejor ni peor que éste.

Lo que hace a las mujeres particularmente aptas para cuidarnos y educarnos en la primera infancia, es que ellas continúan siendo pueriles, fútiles y limitadas de inteligencia. Permanecen toda su vida niños grandes, una especie de intermedio entre el niño y el hombre. Si observamos a una mujer loquear todo el día con un niño, bailando y cantando con él, imaginemos lo que con la mejor voluntad del mundo haría en su lugar un hombre.

En las jóvenes solteras la naturaleza parece haber querido hacer lo que en estilo dramático se llama un efecto teatral. Durante algunos años las engalana con una belleza, una gracia y una perfección extraordinarias, a expensas de todo el resto de su vida, a fin de que, durante esos rápidos años de esplendor, puedan apoderarse fuertemente de la imaginación de un hombre y arrastrarle a cargar legalmente con ellas de cualquier modo. La pura reflexión y la razón no daban suficiente garantía para triunfar en esta empresa. Por eso la naturaleza ha armado a la mujer, como a cualquiera otra criatura, con las armas y los instrumentos necesarios para asegurar su existencia, y sólo durante el tiempo preciso, porque en esto la naturaleza obra con su habitual economía. Así como la hormiga hembra, después de unirse con el macho, pierde las alas, que le serían inútiles y hasta peligrosas para el período de la incubación, así también, la mayoría de las veces, después de dos o tres partos, la mujer pierde su belleza.

De ahí proviene que las jóvenes casaderas miren generalmente las ocupaciones domésticas o los deberes de su estado como cosas accesorias y puras bagatelas, al paso que reconocen su verdadera vocación por el amor, las conquistas y todo lo que con ellas se relaciona, vestir, bailes, etc.

Cuanto más noble y acabada es una cosa, más lento y tardo desarrollo tiene. La razón y la inteligencia del hombre no llegan a su auge hasta la edad de veintiocho años; por el contrario, en la mujer la madurez de espíritu llega a la de dieciocho.

Por eso tiene siempre un juicio de dieciocho años,

medido muy estrictamente, y por eso las mujeres son toda su vida verdaderos niños.

No ven más que lo que tienen delante de los ojos, se fijan sólo en el presente, toman las apariencias por la realidad y prefieren las fruslerías a las cosas más importantes. Lo que distingue al hombre del animal es la razón. Confinado en el presente, se vuelve hacia el pasado y sueña con el porvenir; de ahí su prudencia, sus cuidados, sus frecuentes aprensiones.

La débil razón de la mujer no participa de esas ventajas ni de esos inconvenientes. Padece miopía intelectual que, por una especie de intuición, le permite ver de un modo penetrante las cosas próximas; pero su horizonte es muy pequeño y se le escapan las cosas lejanas. De ahí viene el que todo cuanto no es inmediato, o sea, lo pasado y lo venidero, obre más débilmente sobre la mujer que sobre nosotros. De ahí también esa frecuente inclinación a la prodigalidad, que a veces confina en la demencia.

En el fondo de su corazón, las mujeres se imaginan que los hombres han venido al mundo para ganar dinero y las mujeres para gastarlo. Si se ven impedidas de hacerlo mientras vive su marido, se desquitan después de muerto éste. Y lo que contribuye a confirmarlas en esta convicción es que el marido les da el dinero y las encarga de los gastos de la casa.

Tantas partes defectuosas se compensan, sin embargo, con un mérito. La mujer, más absorta por el momento presente, goza más de él que nosotros. De ahí esa jovialidad que les es propia y las hace ser capaces de distraer y a veces consolar al hombre abrumado de preocupaciones y penas.

En las circunstancias difíciles no hay que desdeñar la costumbre de recurrir, como en otros tiempos los germanos, al consejo de las mujeres, porque tienen una manera de concebir las cosas enteramente diferente de la nuestra. Van derechas al fin por el camino más corto, porque, en general, sus miradas se detienen en lo que está a su mano. Por el contrario, nuestra mirada pasa sin fijarse por encima de las cosas que se nos meten por los ojos, y buscan mucho más allá. Necesitamos que se nos traiga a una manera de ver más sencilla y más rápida. Añádase a eso que las mujeres tienen positivamente un juicio más aplomado, y no ven en las cosas nada más que lo que hay en ellas de realidad, al paso que nosotros, por influjo de nuestras pasiones excitadas, amplificamos los objetos y nos fingimos quimeras.

Las mismas actitudes nativas explican la conmiseración, la humanidad, la simpatía que las mujeres manifiestan por los desgraciados. Pero son inferiores a los hombres en todo lo que atañe a la equidad, a la rectitud y a la probidad escrupulosa. A causa de lo débil de su razón, todo lo que es de presente, visible e inmediato ejerce en ellas un imperio contra el cual no pueden prevalecer las abstracciones, las máximas establecidas, las resoluciones enérgicas, ni ninguna consideración de lo pasado a lo venidero, de lo lejano a lo ausente. Tienen las primeras y principales cualidades de la virtud, pero les faltan las secundarias y accesorias... Por eso la injusticia es el defecto capital de las naturalezas femeninas. Eso proviene de sus escasos buen sentido y reflexión que hemos señalado, y lo que agrava aún más este defecto es que, al negarles fuerza, la naturaleza les ha dado como patrimonio la astucia para proteger su debilidad, y de ahí su falacia habitual y su invencible tendencia al embuste. El león tiene dientes y garras, el elefante y el jabalí colmillos de defensa, cuernos el toro, la jibia tiene su tinta con que enturbiar el agua en torno suyo; la naturaleza no ha dado a la mujer más que el disimula para defenderse y protegerse. Esta facultad suple a la fuerza que el hombre toma del vigor de sus miembros y de su razón.

El disimulo es innato en la mujer, lo mismo en la más aguda que en la más torpe. Es en ella tan natural su uso en todas ocasiones, como en un animal atacado el defenderse al punto con sus armas naturales. Obrando así, tiene hasta cierto punto conciencia de sus derechos, lo cual hace que sea casi imposible encontrar una mujer absolutamente verídica y sincera.

Por eso precisamente es por lo que con tanta facilidad comprende el disimulo ajeno, y por que no es fácil usarlo con ella.

De este defecto fundamental y de sus consecuencias nacen la falsía, la infidelidad, la traición, la ingratitud, etc. Las mujeres perjuran ante los tribunales con mucha más frecuencia que los hombres, y sería cuestión de saber si debe admitírselas a prestar juramento. Ocurre de cuando en cuando que señoras a quienes nada les falta son sorprendidas en los almacenes en flagrante delito de robo.

Los hombres jóvenes, hermosos, robustos, están destinados por la naturaleza a propagar la especie humana, a fin de que ésta no degenere. Tal es la firme voluntad que la naturaleza expresa por medio de las pasiones de las mujeres. Con seguridad, ésta es la más antigua y poderosa de todas las leyes. ¡Pobres, pues, de los intereses y derechos que se le pongan por obstáculo! Cuando llegue el momento, suceda lo que quiera, serán hollados sin misericordia.

La moral secreta, inconfesa y hasta inconsciente, pero innata, de las mujeres consiste en esto: «Tenemos fundado derecho a engañar a quienes se imaginan que, proveyendo económicamente a nuestra subsistencia, pueden confiscar en provecho suyo los derechos de la especie. A nosotras es a quienes se nos han confiado; en nosotras descansa la constitución y la salud de la especie; la creación de la generación futura; a nosotras nos incumbe trabajar para ello con toda conciencia.»

Pero las mujeres no se interesan de ningún modo *in abstracto* por ese principio superior; solamente lo comprenden *in concreto*, y cuando se presenta ocasión no tienen más manera de expresarlo que su manera de obrar. En este punto su conciencia las deja mucho más tranquilas de lo que se pudiera creer, porque en el fondo más oscuro de su corazón sienten vagamente que, al hacer traición a sus deberes para con el individuo, los llenan tanto mejor para con la especie, que tiene derechos infinitamente superiores.

Como las mujeres únicamente han sido creadas para la propagación de la especie, y toda su vocación se concentra en este punto, viven más para la especie que para los individuos, y toman más a pecho los intereses de la especie que los intereses de los individuos. Esto es lo que da a todo su ser y a su conducta cierta ligereza y miras opuestas a las del hombre. Tal es el origen de esa desunión, tan frecuente en el matrimonio, que ha llegado a ser casi normal.

Los hombres son naturalmente indiferentes entre sí; las mujeres son enemigas por naturaleza. Esto debe depender de que el *odium figulinum*, la rivalidad, que está restringida entre los hombres a los de cada oficio, abarca en las mujeres a toda la especie, porque todas ellas no tienen más que un mismo oficio y un mismo negocio. Basta que se encuentren en la calle, para que crucen miradas de güelfos y gibelinos.

Salta a los ojos que en la primera entrevista de dos mujeres hay más contención, disimulo y reserva que en una primera entrevista entre hombres.

Adviértase además que, en general, el hombre habla con algunas atenciones y cierta humanidad a sus subordinados, hasta a los más ínfimos; pero es insoportable ver con qué altanería se dirige una mujer de sociedad a una mujer de clase inferior cuando no está a su servicio. Quizá dependa esto de que entre las mujeres son infinitamente más grandes las diferencias de alcurnia que entre los hombres, y esas diferencias pueden con facilidad modificarse o suprimirse.

La posición social que ocupa un hombre depende de mil consideraciones; para las mujeres, una sola circunstancia decide su posición: el hombre a quien han sabido agradar. Su única función las pone bajo un pie de igualdad mucho más marcado, y por eso tratan de crear ellas entre sí diferencias de categorías.

Preciso ha sido que el entendimiento del hombre se oscureciese por el amor para llamar bello a ese sexo de corta estatura, estrechos hombros, anchas caderas y piernas cortas. Toda su belleza reside en el instinto del amor que nos empuja a ellas. En vez de llamarle bello, hubiera sido más justo llamarle «inestético».

Las mujeres no tienen el sentimiento ni la inteligencia de la música, así como tampoco de la poesía y las artes plásticas. En ellas todo es pura imitación, puro pretexto, pura afectación explotada por su deseo de agradar. Son incapaces de tomar parte con desinterés en nada, sea lo que fuere, y he aquí la razón: el hombre se esfuerzo en todo por dominar directamente, ya por la inteligencia, ya por la fuerza; la mujer, por el contrario, siempre y en todas partes, está reducida a una dominación en absoluto indirecta, es decir, no tiene poder sino por medio del hombre; sólo sobre él ejerce una influencia inmediata. Por consiguiente, la naturaleza lleva a las mujeres a buscar en todas las cosas un medio de conquistar al hombre, y el interés que parecen tomarse por las cosas exteriores siempre es un fingimiento, un rodeo, es decir, pura coquetería y pura monada. Rousseau lo ha dicho: «Las mujeres, en general, no aman ningún arte, no son inteligentes en ninguno y no tienen ningún genio. Basta observar, por ejemplo, lo que ocupa y atrae su atención en un concierto, en la ópera o en la comedia, advertir el descaro con que continúan su cháchara en los lugares más hermosos de las más grandes obras maestras. Si es cierto que los griegos no admitían a las mujeres en los espectáculos, tuvieron mucha razón; a lo menos, en sus teatros se podría oír alguna cosa.»

En nuestro tiempo, al *mulier taceat in ecclesia* convendría añadir un *taceat mulier in theatro*, o bien sustituir un precepto por otro, y colgar éste, en grandes caracteres, sobre el telón del escenario.

Pero ¿qué puede esperarse de las mujeres, si se reflexiona que en el mundo entero no ha podido producir este sexo un solo genio verdaderamente grande, ni una obra completa y original en las bellas artes, ni un solo trabajo de valor duradero, sea en lo que fuere? Esto es muy notable en la pintura. Son tan aptas como nosotros para aprender la parte técnica, y cultivan con asiduidad este arte, sin poder gloriarse de una sola obra maestra, precisamente porque les falta aquella objetividad del espíritu que es necesaria sobre todo para la pintura. No pueden salir de sí mismas. Por eso las mujeres vulgares son capaces de sentir sus bellezas, porque *natura non facit saltus*. En su célebre obra *Examen de ingenios para las ciencias*—que tiene más de trescientos años de fecha—, rehúsa Huarte a las mujeres toda capacidad superior.

Excepciones aisladas y parciales no cambian las cosas en nada: tomadas en conjunto, las mujeres son y serán las nulidades más cabales e incurables.

Gracias a nuestra organización social, absurda en el mayor grado, que les hace participar del título y la situación del hombre, por elevados que sean, excitan con encarnizamiento las menos nobles ambiciones de éste, y por una consecuencia natural de este absurdo, su dominio y el tono que imponen ellas corrompen la sociedad moderna.

Debiera tomarse como norma esta sentencia de Napoleón I: «Las mujeres no tienen categoría.»

Chamfort dice también con mucha exactitud: «Están hechas para comerciar con nuestras debilidades y con nuestra locura, pero no con nuestra razón. Existen entre ellas y los hombres simpatías de epidermis y muy pocas simpatías de espíritu, de alma y de carácter.»

Las mujeres son el *sexus sequior*, el sexo segundo, desde todos los puntos de vista, hecho para estar a un lado y en segundo término. Cierto que se deben tener consideraciones a su debilidad; pero es ridículo rendirles pleito homenaje, y eso mismo nos degrada a sus ojos. La naturaleza, al separar la especie humana de dos categorías, no han hecho iguales las partes...

Esto es lo que han pensado en todo tiempo los antiguos y los pueblos de oriente, que se daban mejor cuenta del papel que conviene a las mujeres que nosotros con nuestra galantería a la antigua moda francesa y nuestra estúpida veneración, que es el despliegue más completo de la necedad germano-cristiana. Esto no ha servido más que para hacerlas tan arrogantes y tan impertinentes. A veces me hacen pensar en los monos sagrados de Benarés, los cuales tienen tal conciencia de dignidad sacrosanta y de su inviolabilidad, que todo se lo creen permitido.

La mujer en occidente, lo que se llama la «señora», se encuentra en una posición enteramente falsa. Porque la mujer, el *sexus sequior* de los antiguos, no está en manera alguna formada para inspirar veneración y recibir homenajes, ni para llevar la cabeza más alta que el hombre, ni para tener iguales derechos que éste.

Las consecuencias de esta «falsa posición» son harto evidentes. Sería de desear que en Europa se volviese a su puesto natural a ese número dos de la especie humana y que se suprimiera la «señora», objeto de mofa para el Asia entera, y de la cual se hubieran burlado Roma y Grecia.

Desde el punto de vista político y social, esta reforma sería un verdadero beneficio. El principio de la ley sálica es tan evidente, tan indiscutible, que parece inútil formularlo. Lo que se llama propiamente la dama europea es una especie de ser que no debiera existir. No debería haber en el mundo mas que mujeres de clase inferior, aplicadas a los quehaceres domésticos, y solteras aspirantes a ser lo que aquéllas, que se formasen, no en la arrogancia, sino en el trabajo y en la sumisión.

Precisamente porque hay damas en Europa es por lo que las mujeres de la clase inferior, es decir, la gran mayoría, son infinitamente más dignas de lástima que en oriente.

Lord Byron dice: «He meditado en la situación de las mujeres bajo los antiguos griegos, y es bastante conveniente. El estado actual, resto de la barbarie feudal de la edad media, es artificial y contrario a la naturaleza. Las mujeres debieran ocuparse en los quehaceres de su casa; se las debería alimentar y vestir bien, pero no mezclarlas en la sociedad. También deberían estar instruidas en la religión, pero ignorar la poesía y la política; no leer más que libros devotos y de cocina. Música, dibujo, baile, y también un poco de jardineo y de laboreo del campo de tiempo en tiempo. Las he visto en Epiro trabajar con fruto en el arreglo de los caminos. ¿Y por qué no? ¿No barren las hojas secas y extienden el heno para que se seque? ¿No son lecheras?»

Las leyes que rigen al matrimonio en Europa suponen a la mujer igual al hombre, y así tienen un punto de partida falso.

En nuestro hemisferio monógamo, casarse es perder la mitad de sus derechos y duplicar sus deberes. En todo caso, puesto que las leyes han concedido a las mujeres los mismos derechos que a los hombres, hubieran debido también conferirles una razón viril.

Cuantos más derechos y honores superiores a su mérito confieren las leyes a las mujeres, más restringen el número de las que en realidad participan de esos favores, y quitan a las demás sus derechos naturales en la misma proporción que a unas cuantas privilegiadas se los han dado excepcionales.

La ventaja que la monogamia o las leyes resultantes de ella conceden a la mujer, proclamándola igual al hombre, produce la consecuencia de que los hombres sensatos y prudentes vacilan a menudo en dejarse arrastrar a un sacrificio tan grande, a un pacto tan desigual.

En los pueblos polígamos, cada mujer encuentra alguien que cargue con ella; entre nosotros, por el contrario, es muy restringido el número de las mujeres casadas, y hay infinito número de mujeres que permanecen sin protección, solteronas que vegetan tristemente en las clases altas de la sociedad, pobres criaturas sometidas a rudos y penosos trabajos en las filas inferiores. O bien se truecan en miserables prostitutas, que arrastran una vida vergonzosa y se ven conducidas por la fuerza de las circunstancias a formar una especie de clase pública y reconocida, cuyo fin especial es el de preservar de los riesgos de seducción a las felices mujeres que han pescado marido o que pueden esperarlo. Sólo en la ciudad de Londres hay ochenta mil mujeres públicas, verdaderas víctimas de la monogamia, cruelmente inmoladas en el altar del matrimonio. Todas esas infelices son la compensación inevitable de la dama europea, con su arrogancia y sus pretensiones. Por eso la poligamia es un verdadero beneficio para las mujeres, consideradas en conjunto.

Además, desde el punto de vista racional, no se ve por qué, cuando una mujer sufre algún mal crónico, o no tiene hijos, o se ha hecho vieja, no había de tomar su marido otra más. Lo que dio prestigio a los mormones fue precisamente la supresión de esta monstruosa monogamia.

Al conceder a la mujer derechos superiores a su naturaleza, se le han impuesto deberes también por encima de su naturaleza. De ahí dimana para ella una fuente de desdichas. En efecto, esas exigencias de clase y de fortuna son tan pesadas, que el hombre que se casa comete una imprudencia si no hace un casamiento brillante. Si desea encontrar una mujer que le guste por completo, la buscará fuera del matrimonio y se limitará a asegurar la suerte de su querida y la de sus hijos.

Si la mujer cede sin exigir en rigor los derechos exagerados que sólo el matrimonio le concede, entonces pierde el honor, porque el matrimonio es la base de la sociedad civil, y se prepara una triste vida, porque está en la naturaleza de los hombres el preocuparse desmedidamente de la opinión de los demás. Si, por el contrario, la mujer resiste, corre el riesgo de apencar con un marido que la desagrade o el de secarse en su sitio, quedándose para vestir imágenes.

Desde este punto de vista de la monogamia, conviene leer el profundo y sabio tratado de Thomasius, *De concubinatu.* En él se ve que en todos los tiempos, hasta la reforma, el concubinato ha sido una institución admitida, hasta cierto punto legalmente reconocida, y de ningún modo deshonrosa. La reforma luterana fue quien la hizo descender de su categoría, porque encontró en ella una justificación para el matrimonio de los clérigos, y la iglesia católica no pudo quedarse atrás en este punto.

Es inútil disputar acerca de la poligamia, puesto que de hecho existe en todas partes y sólo se trata de organizarla.

¿Dónde se encuentran verdaderos monógamos?

Todos, a lo menos durante algún tiempo, y la mayoría casi siempre, vivimos en la poligamia.

Si todo hombre tiene necesidad de varias mujeres, justo es que sea libre y hasta que se le obligue a cargar con varias mujeres. Éstas quedarán de ese modo reducidas a su verdadero papel, que es el de un ser subordinado, y se verá desaparecer de este mundo la «dama», ese monstruo de la civilización europea y de la estolidez germanocristiana, con sus ridículas pretensiones al respeto y al honor. ¡No más señoras, pero también no más de esas infelices mujeres que llenan al presente la Europa!...

Es evidente que, por naturaleza, la mujer esté destinada a obedecer, y prueba de ello que la que está colocada en ese estado de independencia absoluta, contrario a su naturaleza, se enreda en seguida, no importa con qué hombre, por quien se deja dirigir y dominar, porque necesita un amo. Si es joven, toma un amante; si es vieja, un confesor.

* * *

El matrimonio es una celada que nos tiende la naturaleza.

* * *

El honor de las mujeres, lo mismo que el honor de los hombres, es un «espíritu de cuerpo» bien entendido. En la vida de las mujeres, las relaciones sexuales son el gran negocio. El honor consiste para una joven soltera en la confianza que inspire su inocencia, y para una mujer casada, en la fidelidad que tenga a su marido.

Las mujeres esperan y exigen de los hombres todo

lo que ellas necesitan y apetecen. El hombre, en el fondo, no exige de la mujer más que una sola cosa.

Así, pues, las mujeres tienen que amañárselas de tal modo que los hombres no puedan obtener de ellas esa cosa única sino a cambio de encargarse de ellas y de los hijos futuros. De la maña que se den depende la felicidad de todas las mujeres. Para obtenerla es preciso que se sostengan entre sí y den prueba de espíritu de cuerpo.

Por eso marchan como una sola mujer, en apretadas filas, al encuentro del ejército de los hombres, quienes, gracias al predominio físico e intelectual, poseen todos los bienes terrenales. El hombre: he ahí el enemigo común que se trata de vencer y conquistar, a fin de llegar con esta victoria a poseer los bienes de la tierra.

La primera máxima del honor femenino ha sido, pues, que es preciso rehusar sin misericordia al hombre todo comercio ilegítimo, a fin de obligarle al matrimonio como una especie de capitulación, único medio de proveer a toda la gente femenina.

Para conseguir ese resultado debe respetarse con todo rigor la precedente máxima. Todas las mujeres, con verdadero espíritu corporativo, velan por su ejecución.

Una joven soltera que ha caído, se ha hecho culpable de traición hacia todo su sexo, porque si ese acto se generalizase, quedaría comprometido el interés común. La expulsan de la comunidad, se la cubre de vergüenza, y de ese modo se entera de que ha perdido su honor. Toda mujer debe huir de ella como de una apestada.

La misma suerte espera a la mujer adúltera, porque ha faltado a una de las cláusulas de la capitulación consentida por el marido. Su ejemplo es de tal naturaleza, que retraería a los hombres de firmar semejante tratado, y de éste depende la salud de todas las mujeres.

Aparte de este honor particular de su sexo, la mujer adúltera pierde también su honor civil, porque su acto es un engaño, una grosera falta a la fe jurada. Puede decirse con alguna indulgencia «una joven soltera seducida»; no se dice «una casada seducida».

El seductor puede devolver el honor a la primera con el matrimonio; no puede devolvérselo a la segunda, ni aun después del divorcio.

Viendo con claridad las cosas, reconócese, pues, que el principio del honor de las mujeres es un «espíritu de cuerpo» útil, indispensable, pero bien calculado y fundado en el interés. No puede negarse su extremada importancia en el destino de la mujer; pero no puede atribuirsele un valor absoluto más allá de la vida y de los fines de la vida y que merezca que se le sacrifique en holocausto de la vida misma.

Lo que prueba de una manera general que el honor de las mujeres no tiene un origen verdaderamente conforme con la naturaleza, es el número de sangrientas víctimas que se le ofrecen, infanticidios, suicidios de madres. Si una joven soltera que toma un amante comete una verdadera traición hacia su sexo, no olvidemos que el pacto femenino podrá haber sido aceptado tácitamente, pero sin compromiso formal por parte de ella. Y como en la mayoría de los casos ella es la primera víctima, su locura es infinitamente más grande que su perversidad.

LA MUERTE

L A muerte es el genio inspirado, el Muságetas de la filosofía... Sin ella difícilmente se hubiera filosofado.

* * *

Nacimiento y muerte pertenecen igualmente a la vida y se contrapesan. El uno es la condición de la otra. Forman los dos extremos, los dos polos de todas las manifestaciones de la vida. Esto es lo que la más sabia de las mitologías, la de la India, expresa con un símbolo, dando como atributo a Siva, el dios de la destrucción, al mismo tiempo que su collar de cabezas de muerto, el *linga*, órgano y símbolo de la generación. El amor es la compensación de la muerte, su correlativo esencial; se neutralizan, se suprimen el uno al otro. Por eso los griegos y los romanos adornaban esos preciosos sarcófagos que aún vemos hoy con bajorrelieves figurando fiestas, danzas, bodas, cazas, combates de animales, bacanales, en una palabra, imágenes de la vida más alegre, más animada, más intensa, hasta grupos voluptuosos y hasta sátiros ayuntados con cabras.

Su objeto era evidentemente llamar la atención al espíritu de la manera más sensible, por el contraste entre la muerte del hombre, quien se llora encerrado en la tumba, y la vida inmortal de la naturaleza.

* * *

La muerte es el desate doloroso del nudo formado por la generación con voluptuosidad. Es la destrucción violenta del error fundamental de nuestro ser, el gran desengaño.

* * *

La individualidad de la mayoría de los hombres es tan miserable y tan insignificante, que nada pierden con la muerte. Lo que en ellos puede aún tener algún valor, es decir, los rasgos generales de humanidad, eso subsiste en los demás hombres. A la humanidad y no al individuo es a quien se le puede asegurar la duración.

Si le concediesen al hombre una vida eterna, la rigidez inmutable de su carácter y los estrechos límites de su inteligencia le parecerían a la larga tan monótonos y le inspirarían un disgusto tan grande, que para verse libre de ellos concluiría por preferir la nada.

Exigir la inmortalidad del individuo es querer perpetuar un error hasta el infinito. En el fondo, toda individualidad es un error especial, una equivocación, algo que no debiera existir, y el verdadero objetivo de la vida es librarnos de él.

Prueba de ello que la mayoría de los hombres, por no decir todos, están constituidos de tal suerte, que no podrían ser felices en ningún mundo donde sueñan verse colocados. Si ese mundo estuviera exento de miseria y de pena, se verían presa del tedio, y en la medida en que pudieran escapar de éste volverían a caer en las miserias, los tormentos, los sufrimientos. Así, pues, para conducir al hombre a un estado mejor, no bastaría ponerle en un mundo mejor, sino que sería preciso de toda necesidad transformarle totalmente, hacer de modo que no sea lo que es y que llegara a ser lo que no es. Por tanto, necesariamente tiene que dejar de ser lo que es. Esta condición previa la realiza la muerte, y desde este punto de vista, concíbese su necesidad moral.

Ser colocado en otro mundo y cambiar totalmente su ser, son en el fondo una sola y misma cosa.

Una vez que la muerte ha puesto término a una conciencia individual, ¿sería deseable que esta misma conciencia se concediese de nuevo para durar una eternidad? ¿Qué contiene la mayor parte de las veces? Nada más que un torrente de ideas pobres, estrechas, terrenales y cuidados sin cuento. Dejadla, pues, descansar en paz para siempre.

Parece que la conclusión de toda actividad vital es un maravilloso alivio para la fuerza que la mantiene. Esto explica tal vez la expresión de dulce serenidad difundida en el rostro de la mayoría de los muertos.

* * *

¡Cuán larga es la noche del tiempo ilimitado si se compara con el breve ensueño de la vida!

* * *

Cuando en otoño se observa el pequeño mundo de los insectos y se ve que uno se prepara un lecho para dormir el pesado y largo sueño del invierno, que otro hace su capullo para pasar el invierno en estado de crisálida y renacer un día de primavera con toda su juventud y en toda su perfección, y en fin, que la mayoría de ellos, al tratar de tomar descanso en brazos de la muerte, se contentan con poner cuidadosamente sus huevecillos en lugar favorable para renacer un día rejuvenecidos en un nuevo ser, ¿qué otra cosa es esto sino la doctrina de la inmortalidad enseñada por la naturaleza? Esto quiere darnos a entender que entre el sueño y la muerte no hay diferencias radicales, que ni el uno ni la otra ponen en peligro la existencia. El cuidado con que el insecto prepara su celdilla, su agujero, su nido, así como el alimento para la larva que ha de nacer en la primavera próxima, y hecho esto muere tranquilo, semejase en todo al cuidado con que un hombre coloca en orden por la noche sus vestidos y dispone su desayuno para la mañana siguiente, y luego se duerme en paz.

Esto no podría suceder si el insecto que ha de morir en otoño, considerado en sí mismo y en su verdadera esencia, no fuese idéntico al que ha de desarrollarse en primavera, lo mismo que el hombre que se acuesta es el que después se levanta.

* * *

Mirad vuestro perro, ¡qué tranquilo y contento está! Millares de perros han muerto antes de que éste viniese a la vida. Pero la desaparición de todos aquéllos no ha tocado para nada la idea del perro. Esta idea no se ha oscurecido por su muerte. He aquí por qué vuestro perro está tan fresco, tan animado por fuerzas juveniles, como si éste fuera su primer día y no hubiese de tener término. A través de sus ojos brilla el principio indestructible que hay en él, el *archœus*.

¿Qué es, pues, lo que la muerte ha destruido a través de millares de años? No es el perro; ahí está, delante de vosotros, sin haber sufrido detrimento alguno. Sólo su sombra, su figura, es lo que la debilidad de nuestro conocimiento no puede percibir sino en el tiempo.

* * *

Por su persistencia absoluta, la materia nos asegura una indestructibilidad, en virtud de la cual quien fuere incapaz de concebir otra idea podría consolarse con la de cierta inmortalidad. «¡Qué!—se dirá—, la persistencia de un puro polvo, de una materia bruta, ¿puede ser la continuidad de nuestro ser?»

¿Pero conocéis ese polvo, sabéis lo que es y lo que puede? Antes de menospreciarlo aprended a conocerlo. Esta materia, que no es más que polvo y ceniza, disuelta muy pronto en el agua, se va a convertir en un cristal, a brillar con el brillo de los metales, a producir chispas eléctricas, a manifestar su poder magnético..., a modelarse en plantas y animales y a desarrollar, en fin, en su seno misterioso esa vida cuya pérdida atormenta tanto a vuestro limitado espíritu. ¿No es nada, pues, el perdurar bajo la forma de esta materia?

* * *

No conocemos mayor juego de dados que el juego del nacimiento y de la muerte. Preocupados, interesados, ansiosos hasta el extremo, asistimos a cada partida, porque a nuestros ojos todo va puesto en ella. Por el contrario, la naturaleza, que no miente nunca; la naturaleza, siempre franca y abierta, se expresa acerca de este asunto de una manera muy diferente. Dice que nada le importa la vida o la muerte del individuo, y esto lo expresa entregando la vida del animal y también la del hombre a menores azares, sin hacer ningún esfuerzo para salvarlos. Fijaos en el insecto que va por vuestro camino; el menor extravío involuntario de vuestro pie decide de su vida o de su muerte. Ved el animal de los bosques, desprovisto de todo medio de huir, defenderse, engañar, ocultarse, presa expuesta al primero que llegue; ved el pez cómo juega, libre de inquietudes, dentro de la red aún abierta; la rana, a quien su lentitud impide huir y salvarse; el ave que revolotea a la vista del halcón que se cierne sobre ella y a quien no ve; la oveja espiada por el lobo oculto en el bosque: todas esas víctimas, débiles, inertes, imprudentes, vagan en medio de ignorados riesgos que a cada instante las amenazan. La naturaleza, al abandonar así sin resistencia sus organismos, no sólo a la avidez del más fuerte, sino al azar más ciego, al humor del primer imbécil que pasa, a la perversidad del niño, la naturaleza expresa así, con su estilo lacónico, de oráculo, que le es indiferente el anonadamiento de esos seres, que no puede perjudicarla, que nada significa, y que en casos tales tan indiferente es la causa como el efecto...

Así, pues, cuando esta madre soberana y universal expone a sus hijos sin escrúpulo alguno a mil riesgos inminentes, sabe que el sucumbir es que caen otra vez en su seno, donde los tiene ocultos. Su muerte no es más que un retozo, un jugueteo. Lo mismo le sucede al hombre que a los animales. El oráculo de la naturaleza se extiende a nosotros. Nuestra vida o nuestra muerte no los conmueve, y no debieran emocionarlos, porque nosotros también formamos parte de la naturaleza.

Estas consideraciones nos traen a nuestra propia especie. Y si miramos adelante, hacia un porvenir muy remoto, y tratamos de representarnos las generaciones futuras, con sus millones de individuos humanos diferentes de nosotros en usanzas y costumbres, nos hacemos estas preguntas: «¿De dónde vendrán todos? ¿Dónde están ahora? ¿Dónde se halla el amplio seno de la nada, preñado del mundo, que aún guarda las generaciones venideras?»

Pero a estas preguntas hay que sonreírse y responder: «No puede estar sino donde toda realidad ha sido y será, en el presente y en lo que contiene.»

Por consiguiente, en ti, preguntón insensato, que desconoces tu propia esencia y te pareces a la hoja del árbol cuando, marchitándose en otoño pensando en que se ha de caer, se lamenta de su caída, y no queriendo consolarse a la vista del fresco verdor con que se engalanará el árbol en la primavera, dice gimiendo: «No seré yo, serán otras hojas.»

¡Ah, hoja insensata! ¿Adónde quieres ir, pues, y de dónde podrían venir las otras hojas? ¿Dónde está esa nada cuyo abismo temes? Reconoce tu mismo ser en esa fuerza íntima, oculta, siempre activa, del árbol, que, a través de todas sus generaciones de hojas, no es atacada ni por el nacimiento ni por la muerte. ¿No sucede con las generaciones humanas como con las de las hojas?

[illegible]

[illegible] la vida o nuestra [illegible] y no [illegible] también formamos parte de la naturaleza.

[illegible]

[illegible] No sucede con las [illegible]
[illegible] de las cosas.

DOLORES DEL MUNDO

SI nuestra existencia no tiene por fin inmediato el dolor, puede afirmarse que no tiene ninguna razón de ser en el mundo. Porque es absurdo admitir que el dolor sin término que nace de la miseria inherente a la vida, y que llena el mundo, no sea más que un puro accidente y no su misma finalidad. Cierto es que cada desdicha particular parece una excepción, pero la desdicha general es la regla.

* * *

Así como un arroyo corre sin remolinos mientras no encuentra obstáculo alguno, de igual modo en la naturaleza humana, como en la naturaleza animal, la vida se desliza inconsciente y distraída cuando nada se opone a la voluntad. Si la atención está despierta, es que se han puesto trabas a la voluntad y se ha producido algún choque. Todo lo que se alza frente a nuestra voluntad, todo lo que atraviesa o se le resiste, es decir, todo lo que hay desagradable o doloroso, lo sentimos en seguida con suma claridad.

No advertimos la salud general de nuestro cuerpo, sino tan sólo el ligero sitio donde nos hace daño el calzado; no apreciamos el conjunto próspero de nuestros negocios, pues sólo nos preocupa alguna insignificante pequeñez que nos apesadumbra. Así, pues, el bienestar y la dicha son enteramente negativos; sólo el dolor es positivo.

No conozco nada más absurdo que la mayoría de los sistemas metafísicos, que explican el mal como algo negativo. Por el contrario, sólo el mal es positivo, puesto que hace sentir... Todo bien, toda felicidad, toda satisfacción, son cosas negativas, porque no hacen más que suprimir un deseo y terminar una pena.

Añádase a esto que, en general, encontramos las alegrías muy por debajo de nuestra esperanza, al paso que los dolores la superan con mucho.

Si queréis en un abrir y cerrar de ojos ilustraros acerca de este asunto y saber si el placer puede más que la pena, o solamente si son iguales, comparad la impresión del animal que devora a otro con la impresión de que es devorado.

* * *

El consuelo más eficaz en toda desgracia, en todo sufrimiento, es volver los ojos hacia los que son más desventurados que nosotros. Este remedio está al alcance de cada uno. Pero ¿qué resulta de ello para el conjunto?

Semejantes a los carneros que triscan en la pradera mientras el matarife hace su elección con la mirada en medio del rebaño, no sabemos en nuestros días felices qué desastre nos prepara el destino precisamente en aquella hora: la enfermedad, persecución, ruina, mutilación, ceguera, locura, etc.

Todo lo que apetecemos coger se nos resiste; todo tiene una voluntad hostil, que es preciso vencer. En la vida de los pueblos no nos muestra la historia sino guerras y sediciones; los años de paz sólo parecen cortas pausas, entreactos, que surgen una vez por casualidad. Y asimismo, la vida del hombre es un perpetuo combate, no sólo contra males abstractos, la miseria o el hastío, sino contra los demás hombres. En todas partes se encuentra un adversario. La vida es una guerra sin tregua, y se muere con las armas en la mano.

* * *

Al tormento de la existencia viene a agregarse también la rapidez del tiempo, que nos apremia, que no nos deja tomar aliento, y se mantiene en pie detrás de cada uno de nosotros como un capataz de la chusma con el látigo. Sólo perdona a los que se han entregado al tedio.

* * *

No obstante, así como nuestro cuerpo estallaría si se le sustrajese de la presión de la atmósfera, así también, si se quitase a la vida el peso de la miseria, de la pena, de los reveses y de los vanos esfuerzos, sería tan desmedido en el hombre el exceso de su arrogancia, que le destrozaría, o, por lo menos, le impelería a la insensatez más desordenada y hasta a la locura furiosa.

En todo tiempo necesita cada cual cierta cantidad de cuidados, de dolores o de miseria, como necesita lastre el buque para sostenerse a plomo y navegar derecho.

Trabajo, tormento, pena y miseria: tal es, durante la vida entera, el lote de casi todos los hombres.

Pero si todos los deseos se viesen colmados apenas se formulan, ¿con qué se llenaría la vida humana?, ¿en qué se emplearía el tiempo? Poned a la humanidad en el país de Jauja, donde todo creciera por sí mismo, donde volasen asadas las alondras al alcance de la mano, donde cada uno encontrara al momento a su amada y la consiguiese sin dificultad, y entonces se vería a los hombres morir de aburrimiento o ahorcarse; a otros, reñir, degollarse, asesinarse y causarse mayores sufrimientos de los que ahora les impone la naturaleza. Así, no puede convenir a los hombros ningún otro teatro, ninguna otra existencia...

* * *

En la primera juventud nos vemos colocados ante el destino, que va a abrírsenos, como los niños delante del telón de un teatro, con la espera alegre e impaciente de las cosas que van a pasar en el escenario. Es una dicha que nada podamos saber de antemano. Para aquel que sabe lo que ha de pasar en realidad, los niños son inocentes condenados, no a muerte, sino a la vida, y que, sin embargo, no conocen aún el contenido de su sentencia. Pero no por eso desea menos cada cual una edad avanzada para sí, es decir, un estado que pudiera expresarse de este modo: «El día de hoy es malo, y cada día será más malo, hasta que llegue el peor.»

* * *

Cuando se representa uno—en cuanto es posible hacerlo de una manera aproximada—la suma de miseria, de dolor y sufrimientos de todas clases que alumbra el Sol en su carrera, se está conforme en que valiera mucho más que este astro no tuviese otro poder sobre la Tierra que el de hacer surgir el fenómeno de vida que tiene en la Luna. Sería preferible que la superficie de la Tierra, como el de la Luna, se encontrase ya en el estado de cristal cuajado y frío.

Puede también considerarse nuestra vida como un episodio que turba inútilmente la beatitud y el sosiego de la nada. Sea como fuere, todo hombre para quien apenas es soportable la existencia, a medida que avanza en edad tiene una conciencia cada vez más clara de que la vida es en todas las cosas una gran mixtificación, por no decir un engaño...

Cualquiera que ha sobrevivido a dos o tres generaciones se encuentra en idéntica situación de ánimo que un espectador sentado dentro de una barraca de titiriteros en la feria, cuando ve las mismas farsas repetidas dos o tres veces sin interrupción. Es que las cosas no estaban calculadas más que para una representación, y una vez desvanecidas la ilusión y la novedad, ya no producen ningún efecto.

Hay para perder la cabeza observando la prodigalidad de las disposiciones tomadas; esas estrellas fijas que brillan innumerables en el espacio infinito no tienen otra cosa que hacer sino iluminar mundos que sólo producen hastío en los casos más felices. menos a juzgar por este mundo que conocemos.

Nada hay verdaderamente digno de envidia, ¡y cuántos merecen lástima!

La vida es una tarea que hay que ir realizando con

trabajo, y en este sentido, la palabra *defunctus* es una magnífica expresión.

Imaginad por un instante que el acto genérico no fuese una necesidad ni una voluptuosidad, sino un asunto de reflexión pura y de razón. ¿Podría subsistir aún la humanidad? ¿No hubiera tenido cada cual bastante lástima de la generación futura, para ahorrarle el peso de la existencia, o, por lo menos, no hubiera vacilado en imponérselo a sangre fría?

El mundo es el infierno, y los hombres se dividen en almas atormentadas y diablos atormentadores.

Me dirán una vez más que mi filosofía no tiene consuelo, y es sencillamente porque digo la verdad, mientras que las gentes prefieren oír decir: «Dios nuestro señor ha hecho bien todo lo que ha hecho. Id a la iglesia, y dejad en paz a los filósofos. A lo menos, no exijáis que ajusten sus doctrinas a vuestro catecismo.» Eso lo hacen los tunantes, los filosofastros. A éstos podéis pedirles de encargo doctrinas a vuestro antojo. Turbar el optimismo obligado de los profesores de filosofía es tan difícil como agradable.

Brahma produce el mundo por una especie de pecado o de extravío, y se queda él mismo en el mundo para expiar ese pecado hasta que esté redimido. ¡Muy bien! En el budismo, el mundo nace a consecuencia de un trastorno inexplicable, produciéndose después de un largo reposo en la claridad del cielo, en la serena beatitud llamada nirvana, que se reconquistará con la penitencia. Es como una especie de fatalidad que es preciso considerar en el fondo como un sentido moral, aun cuando esta explicación tiene una analogía y una imagen exactamente correspondiente en la naturaleza por la formación inexplicable del mundo primitivo, vasta nebulosa de donde saldrá un sol. Pero los mismos errores morales hacen el mundo físico gradualmente más malo, y cada vez peor, hasta que toma su triste forma actual. ¡Perfectamente!

Para los griegos, el mundo y los dioses eran obra de una necesidad insondable.

Esta explicación es soportable en el sentido de que nos satisface provisionalmente.

Ormuzd vive en guerra con Ahrimán: también esto puede admitirse.

Pero un dios como ese Jehová, que por su capricho y «con ánimo alegre» produce este mundo de miseria y de lamentaciones, y que aún se felicita y aplaude por ello, ¡esto es demasiado! Consideremos, pues, desde este punto de vista, a la religión de los judíos como la más inferior entre las doctrinas religiosas de los pueblos civilizados, lo cual concuerda perfectamente con el hecho de que también es la única que, en absoluto, no tiene ninguna huella de inmortalidad.

Aun cuando la demostración de Leibnitz fuese verdadera, aun cuando se admitiese que entre los mundos posibles éste es siempre el mejor, aquella demostración no daría aún ninguna teodicea. Porque el creador no sólo ha creado el mundo, sino también la posibilidad misma; por consiguiente, hubiera debido hacer posible un mundo mejor.

La miseria que llena este mundo protesta a gritos contra la hipótesis de una obra perfecta debida a un ser infinitamente sabio, bueno y poderoso. Por otra parte, la imperfección evidente y hasta la caricatura burlesca del más acabado de los fenómenos de la creación, el hombre, es de una evidencia demasiado visible. Hay en esto una antinomia que no se puede resolver. Por el contrario, dolores y miserias son otras tantas pruebas en pro, cuando consideramos el mundo como obra de nuestra propia falta, y, por consiguiente, como una cosa que no podría ser mejor. Al paso que en la primera hipótesis de la miseria del mundo se trueca en una acusación amarga contra el creador y da margen a sarcasmos, en el segundo caso aparece como una acusación contra nuestro ser y nuestra voluntad misma, muy propia para humillarnos. Nos conduce al pensamiento profundo de que hemos venido al mundo viciados ya, como hijos de padres gastados por el libertinaje, y que si nuestra existencia es tan mísera y tiene la muerte por desenlace, es porque continuamente tenemos que expiar esta falta.

De un modo general, nada hay más cierto: la abrumadora falta del mundo es lo que trae los grandes e innumerables sufrimientos del mundo, y entendemos esta relación en el sentido metafísico, y no en el físico y empírico. Por eso la historia del pecado original me reconcilia con el *Antiguo Testamento;* a mis ojos, es la única verdad metafísica de todo el libro, aun cuando se presenta allí bajo el velo de la alegoría. Porque nuestra existencia a nada se parece tanto como a la consecuencia de una falta y de un deseo culpable.

Si queréis tener siempre a mano una brújula segura, a fin de orientaros en la vida y considerarla sin cesar en su verdadero aspecto, habituaos a considerar este mundo como un lugar de penitencia, como una colonia penitenciaria. Así lo habían llamado ya los más antiguos filósofos y ciertos padres de la iglesia.

La sabiduría de todos los tiempos, el brahmanismo, el budismo, Empédocles y Pitágoras, confirman esta manera de ver. Cicerón refiere que los antiguos sabios enseñaban la iniciación en los misterios: *Nos ob aliqua scelera suscepta in vita superiore, pœnarum luendarum causa natos esse.* Vanini expresa esta idea del modo más enérgico (Vanini, a quien se encontró más cómodo quemar que refutar) cuando dice: *Tot, tantisque homo repletus miseriis, ut si christianæ religione non repugnaret, dicere auderem: si dæmones dantur, ipsi, in hominum corpora transmigrantes, sceleris pœnas luunt. (De admirandis naturæ arcanis.)* Pero hasta en el puro cristianismo bien comprendido se considera nuestra existencia como efecto de una falta, de una caída.

Si nos familiarizamos con esta idea, no se esperará de la vida sino lo que pueda dar, y lejos de considerar como algo inesperado y contrario a las reglas sus contradicciones, sufrimientos, suplicios y miserias grandes y pequeñas, se hallarán muy en el orden, sabiendo, en efecto, que aquí abajo cada cual lleva la pena de su existencia y cada uno a su modo.

Entre los males de un establecimiento penitenciario no es el menor la sociedad que en él se encuentra. Sin que necesite yo decirlo, saben cuánto vale la sociedad de los hombres los que merecerían otra mejor. Un alma grande, un genio, experimenta en el mundo los mismos sentimientos de un noble prisionero por razones de estado que se viera en presidio con vulgares malhechores en torno suyo. A semejanza de éste, hay que aislarse. Pero en general, esta idea acerca del mundo nos hace capaces de ver sin sorpresa, y con mayor motivo sin indignación, lo que se llama imperfecciones, es decir, la mísera constitución intelectual y moral de la mayor parte de los hombres, miseria que hasta su misma fisonomía nos revela...

El convencimiento de que el mundo, y por con-

siguiente el hombre, son tales que no debieran existir, es de naturaleza a propósito para llenarnos de
indulgencia unos para otros. ¿Qué puede esperarse,
en efecto, de tal especie de seres? A veces paréceme
que la manera conveniente de saludarse de hombre a
hombre, en vez de decir señor, sir, etc., pudiera
ser: «Compañero de sufrimientos o compañero de
miserias». Por extraño que parezca esto, la expresión
es justa, y recuerda la necesidad de la tolerancia, de
la paciencia, de la indulgencia, del amor, y del que,
por consiguiente, cada uno es deudor de algo.

II

Al paso que la primera mitad de la vida no es
más que una infatigable aspiración hacia la felicidad, la segunda mitad, por el contrario, está domi-
nada por un doloroso sentimiento de temor, porque
entonces se acaba por darse cuenta más o menos
clara de que toda felicidad no es más que una quimera, y sólo el sufrimiento es real. Por eso los espíritus sensatos, más que a los vivos goces, aspiran
a una ausencia de penas, a un estado invulnerable en
cierto modo. En los años de mi juventud, un campa-
nillazo en mi puerta me llenaba de júbilo, porque
pensaba: «¡Bueno! Va a suceder alguna cosa». Más
tarde, maduro por la vida, ese mismo ruido desper-
taba un sentimiento próximo al espanto, y decía para
mis adentros: «¡Ay! ¿Qué sucederá?».

* * *

En la vejez extínguense las pasiones y los deseos,
unos tras otros. A medida que se nos hacen indife-

rentes los objetos de esas pasiones, embótase la sensibilidad, la fuerza de la imaginación se forma cada vez más débil, palidecen las imágenes, las impresiones no se adhieren ya, pasan sin dejar huellas, los días ruedan cada vez más rápidos, los acontecimientos pierden importancia y todo se decolora. El hombre abrumado de días se pasea tambaleándose o descansa en un rincón, no siendo ya más que una sombra, un fantasma de su ser pasado. Viene la muerte: ¿qué le queda aún por destruir? Un día la somnolencia se convierte en el último sueño.

Todo hombre que se ha despertado de los primeros ensueños de la juventud, que tiene en cuenta su propia experiencia y la de los demás, que ha estudiado la historia del pasado y la de su época, si es que indesarraigables preocupaciones no le trastornan la razón, concluirá por llegar a reconocer que este mundo de los hombres es el reino del azar y del error, los cuales lo dominan y gobiernan a su antojo, sin piedad ninguna, ayudados por la locura y la malicia, que no cesan de blandir su látigo.

Por eso, lo mejor que hay entre los hombres no se abre paso sino a través de mil penalidades. Toda aspiración noble y cuerda difícilmente halla ocasión de manifestarse, de obrar, de dejarse oír, al paso que lo absurdo y lo falso en el dominio de las ideas, la chabacanería y la vulgaridad en las regiones del arte, la malicia y la astucia en la vida práctica, reinan sin mezcla y casi sin discontinuidad. No hay pensamiento ni obra excelentes que no sean una excepción, un caso imprevisto, extraño, inaudito, eternamente aislado, como un aerolito, producido por otro orden de cosas del que nos rige. En cuanto a cada uno en particular, la historia de una vida es siempre la historia de un sufrimiento, porque toda carrera recorrido no es más que una serie no interrumpida de reveses y desgracias, que cada cual se esfuerza en ocultar porque sabe que, lejos de inspirar a los demás simpatía o lástima, les colma por eso mismo de satisfacción. ¡Tanto les regocija representarse el fastidio del prójimo, del cual están libres por el momento! Es raro que un hombre, al final de su vida, si es a la vez sincero y reflexivo, desee volver a comenzar el camino y no prefiera infinitamente más la nada absoluta.

* * *

Nada hay fijo en esta vida fugaz: ¡ni dolor infinito, ni alegría eterna, ni impresión permanente, ni entusiasmo duradero, ni resolución elevada que pueda persistir la vida entera! Todo se disuelve en el torrente de los años. Los minutos, los innumerables átomos de pequeñas cosas, fragmentos de cada una de nuestras acciones, son los gusanos roedores que devastan todo lo que hay grande y atrevido... Nada se toma en serio en la vida humana: el polvo no merece la pena.

Debemos considerar la vida cual un embuste continuo, lo mismo en las cosas pequeñas como en las grandes. ¿Ha prometido? No cumple nada, a menos que no sea para demostrar cuán poco apetecible era lo apetecido: tan pronto es la esperanza quien nos engaña, como la cosa esperada. ¿Nos ha dado? No era más que para recogérnoslo. La magia de la lontananza nos muestra paraísos, que desaparecen como visiones en cuanto nos hemos dejado seducir. La felicidad está siempre en lo futuro o en lo pasado, y lo presente es cual una nubecilla oscura que el viento pasea sobre un llano alumbrado por el sol.

Delante y detrás de ella todo es luminoso; sólo ella proyecta siempre una sombra.

* * *

El hombre no vive más que en el presente, que huye sin remisión hacia el pasado y se abisma en la muerte. Salvo las consecuencias que pueden refluir en lo presente, y que son obra de sus actos y de su voluntad, su vida de ayer está por completo muerta, extinta. Por eso debiera ser indiferente para su razón que ese pasado estuviese hecho de goces o de penas. El presente se escapa de su abrazo y se transforma sin cesar en pasado; el porvenir es por completo incierto y sin duración... Lo mismo que, desde el punto de vista físico, la marcha no es más que una caída siempre impedida, así también la vida del cuerpo no es más que una muerte siempre suspensa, una muerte aplazada, y la actividad de nuestro espíritu sólo es un tedio siempre combatido... A la postre, es menester que triunfe la muerte, porque le pertenecemos por el hecho mismo de nuestro nacimiento, y no hace sino jugar con su presa antes de devorarla. Así es como seguimos el curso de nuestra vida, con extraordinario interés, con mil cuidados y precauciones mil, todo el mayor tiempo posible, como se sopla una pompa de jabón empeñándose en inflarla lo más que se pueda y durante el más largo tiempo, a pesar de la certidumbre de que ha de concluir por estallar.

* * *

La vida no se presenta en manera alguna como un regalo que debemos disfrutar, sino como un deber,

una tarea que tenemos que cumplir a fuerza de trabajo. De aquí, en las grandes y en las pequeñas cosas, una miseria general, una labor sin descanso, una
competencia sin tregua, un combate sin término,
una actividad impuesta con una extremada tensión
de todas las fuerzas del cuerpo y del espíritu.

Millones de hombres reunidos en naciones con-
curren al bien público obrando cada individuo en interés de su propio bien, pero millares de víctimas
sucumben en pro de la salud común. Unas veces las
preocupaciones insensatas, y otras una política sutil, excitan a los pueblos a la guerra. Es preciso que
el sudor y la sangre de la inmensa multitud corran
en abundancia para llevar a feliz término los caprichos de algunos o expiar sus faltas. En tiempo de
paz prosperan la industria y el comercio, las inven-
ciones hacen maravillas, los buques surcan los ma-
res, traen cosas de todos los rincones del mundo, y
las olas se tragan millares de hombres. Todo está
en movimiento: unos meditan, otros obran; es in-
descriptible el tumulto.

Pero ¿cuál es el fin último de tantos esfuerzos?
Mantener, durante un breve espacio de tiempo, seres efímeros y atormentados; mantenerlos, en el caso más favorable, en una miseria resistible y en una
relativa ausencia de dolor, que es acechada al momento por el hastío. Después, la reproducción de
esta raza y la continua renovación de su modo habitual de vivir.

* * *

Los esfuerzos sin tregua para desterrar el sufrimiento no dan más resultado que cambiar su figura.
En su origen aparece bajo la forma del menester,

de la necesidad, del cuidado por las cosas materiales de la vida. Si a fuerza de trabajo se logra expulsar el dolor bajo este aspecto, al punto se transforma y adquiere otras mil fisonomías, según las edades y las circunstancias, que son el instinto sexual, el amor apasionado, los celos, la envidia, el odio, la ambición, el miedo, la avaricia, la enfermedad, etcétera. Si no encuentra otro modo de entrar en nosotros, lo hace bajo el manto triste y gris del tedio y la saciedad, y entonces hay que forjar armas para combatirlo. Si se logra expulsarlo, no sin combate, vuelve a sus antiguas metamorfosis, y vuelta el baile a continuar...

* * *

Lo que ocupa a todos los vivos y los tiene sin aliento es la necesidad de asegurar la existencia. Una vez hecho esto, ya no se sabe qué hacer.

Por eso, el segundo esfuerzo de los hombres es aligerar la carga de la vida, hacerla insensible, «matar el tiempo», es decir, huir del hastío. Una vez libertados de toda miseria material y moral, una vez que han soltado de la espalda cualquiera otra carga, los vemos convertirse ellos mismos en su propia carga y considerar como una ganancia toda hora que consiguen pasar, aun cuando en el fondo esa hora se reste de una existencia que con tanto celo se esfuerzan en prolongar.

El hastío no es un mal despreciable; ¡qué desesperación concluye por pintar en el rostro! Él es quien hace que los hombres, que se aman tan poco entre sí, se busquen, sin embargo, unos a otros tan locamente: es la fuente del instinto social. El estado lo considera como una calamidad pública, y por prudencia toma medidas para combatirlo.

Este azote, lo mismo que el hambre, que es su extremo opuesto, pueden impeler a los hombres a todos los desbordamientos; el pueblo necesita *panem et circenses*. El rudo sistema penitenciario de Filadelfia, fundado en la soledad y la inacción, hace del tedio un instrumento de suplicio tan terrible, que, para librarse de él, más de un condenado ha recurrido al suicidio. Si la miseria es el aguijón perpetuo para el pueblo, el hastío lo es para las personas acomodadas. En la vida civil, el domingo representa el aburrimiento y los seis días de la semana la miseria.

* * *

La vida del hombre oscila como un péndulo entre el dolor y el hastío. Tales son, en realidad, sus dos últimos elementos. Los hombres han expresado esto de una manera muy extraña. Después de haber hecho del infierno la morada de todos los tormentos y de todos los sufrimientos, ¿qué ha quedado para el cielo? El aburrimiento precisamente.

* * *

El hombre es el más desnudo de todos los seres. No es nada más que voluntad, deseos encarnados, un compuesto de mil necesidades. Y he ahí que vive sobre la tierra abandonado a sí mismo, inseguro de todo, excepto de su miseria y de la necesidad que le oprime. A través de las imperiosas exigencias renovadas a diario, los cuidados de la existencia llenan la vida humana. Al mismo tiempo le atormenta un segundo instinto: el de perpetuar su raza. Amenazado por todas partes por los peligros más diversos, no basta para librarse de ellos una prudencia siempre despierta. Con paso inquieto, echando en torno suyo miradas de angustia, sigue su camino en lucha con el azar y con enemigos sin número. Así iba a través de las soledades salvajes; así va ahora en plena vida civilizada. No hay para él seguridad ninguna.

* * *

La vida es un mar lleno de escollos y remolinos, que el hombre sólo evita a fuerza de prudencia y de cuidados, por más que sabe que si consigue librarse de ellos con su habilidad y sus esfuerzos, a medida que avanza, no puede, sin embargo, retardar el grande, el total, el inevitable, el irremediable naufragio, la muerte, que parece correr delante de él. Ése es el fin supremo de esta laboriosa navegación, peor para el hombre infinitamente que todos los escollos de que se ha librado.

* * *

Sentimos el dolor, pero no la ausencia de dolor; sentimos el cuidado, pero no la falta de cuidados; el temor, pero no la seguridad. Sentimos el deseo y el anhelo, como sentimos el hambre y la sed; pero apenas se ven colmados, todo se acabó, como una vez que se traga el bocado cesa de existir para nuestra sensación. Todo el tiempo que poseemos estos tres grandes bienes de la vida, que son salud, juventud y libertad, no tenemos conciencia de ellos. No los apreciamos sino después de haberlos perdido, porque también son bienes negativos. No nos percatamos de los días felices de nuestra vida pasada hasta que los han sustituido días de dolor... A medida que crecen nuestros goces, nos hacemos más insensibles a ellos: el hábito ya no es placer. Por eso mismo crece nuestra facultad de sufrir: todo hábito suprimido causa una sensación penosa. Las horas transcurren tanto más veloces cuanto más agradables son, tanto más lentas cuanto más tristes, porque no es el goce lo positivo, sino el dolor, y por eso deja sentir la presencia de éste.

El aburrimiento nos da la noción del tiempo y la distracción nos la quita. Esto prueba que nuestra existencia es tanto más feliz cuanto menos la sentimos, de donde se deduce que mejor valdría verse libre de ella.

No podría imaginarse en absoluto un gran regocijo interno si no viniese tras una gran miseria, porque nadie puede alcanzar un estado de júbilo sereno y duradero; a lo sumo, se llega a distraerse, a satisfacer la vanidad propia. Por eso los poetas se ven obligados a colocar a sus héroes en situaciones llenas de ansiedades y tormentos, a fin de poderles librar de ellos de nuevo. Drama y poesía épica no nos muestran sino hombres que luchan, que sufren mil suplicios, y cada novela nos da en espectáculo los espasmos y las convulsiones del corazón humano. Voltaire, el feliz Voltaire, a pesar de lo favorecido que fue por la naturaleza, piensa como yo cuando dice: «La felicidad no es más que un sueño; sólo el dolor es real.» Y añade: «Hace ochenta años que lo experimento. No sé hacer otra cosa más que resignarme y decir en mi interior que las moscas han nacido para ser devoradas por las arañas y los hombres para ser devorados por los pesares.»

La vida de cada hombre, vista de lejos y desde arriba, en su conjunto y en sus rasgos más salientes, nos presenta siempre un espectáculo trágico; pero si se recorre en detalle, tiene el carácter de una comedia. El modo de vivir, el tormento del día, el incesante arrumaco del momento, los deseos y los temores de la semana, las desgracias de cada hora, bajo el azar que trata siempre de chasquearnos, son otras tantas escenas de comedia. Pero los anhelos siempre burlados, los vanos esfuerzos, las esperanzas que pisotea la suerte implacable, los funestos errores de la vida entera, con los sufrimientos que se acumulan y la muerte en el último acto: he aquí la eterna tragedia. Parece que el destino ha querido añadir la burla a la desesperación de nuestra existencia cuando ha llenado nuestra vida con todos los infortunios de la tragedia, sin que ni aun siquiera podamos sostener la dignidad de los personajes trágicos. Lejos e esto, en el amplio detalle de la vida representamos inevitablemente el ruin papel de bufones.

* * *

Es en verdad increíble cuán insignificante y desprovista de interés, viéndola desde afuera, y cuán sorda y oscura, sentida en los adentros, transcurre la vida de la mayor parte de los hombres. No es más que un conjunto de tormentos, de aspiraciones impotentes, la marcha vacilante de un hombre que sueña a través de las cuatro edades de la vida, hasta la muerte, con un cortejo de ideas triviales. ⸺

Los hombres se parecen a esos relojes a los cuales se les ha dado cuerda y andan sin saber por qué. Cada vez que se engendra un hombre y se le hace venir al mundo, se da cuerda de nuevo al reloj de la vida humana, para que repita una vez más su rancio sonsonete gastado de eterna caja de música, frase por frase, tiempo por tiempo, con variaciones apenas perceptibles.

Cada individuo, cada faz humana, cada vida, no es sino un ensueño más, un efímero ensueño del espíritu infinito de la naturaleza, de la voluntad de vivir persistente y obstinado. No es sino una imagen fugitiva más, que dibuja al desgaire en su infinita página del espacio y del tiempo, que deja subsistir algunos instantes de una brevedad vertiginosa, y borra en seguida para dejar sitio a otras. Sin embargo—y éste es el aspecto de la vida que más da que pensar y meditar—, es preciso que la voluntad de vivir, violenta e impetuosa, pague cada una de esas imágenes fugaces, cada uno de esos vanos caprichos, al precio de profundos dolores sin cuento y de una amarga muerte, largo tiempo temida y que llega al fin. He aquí por qué nos deja de pronto graves el aspecto de un cadáver.

* * *

¿Dónde hubiera ido Dante a buscar el modelo y el asunto del infierno de su *Divina comedia* sino en nuestro mundo real? Por eso nos ha pintado un gran infierno de verdad. Por el contrario, cuando trató de describir el cielo y sus goces, tropezaba con una dificultad insuperable, precisamente porque nuestro mundo no ofrece nada análogo. En lugar de los goces del paraíso, vióse reducido a notificarnos las instrucciones que allí le dieron sus antepasados, su Beatriz y diversos santos. Por donde se ve con harta claridad qué clase de mundo es el nuestro.

El infierno del mundo supera al infierno del Dante en que cada cual es diablo para su prójimo. Hay también un archidiablo, superior a todos los demás, y es el conquistador que pone centenares de miles

de hombres unos frente a otros, y les grita: «Sufrid:
morir es vuestro destino; así, pues, ¡fusilaos, caño-
neaos los unos a los otros!» Y lo hacen.

*   *

Si se pusiesen delante de los ojos de cada hombre
los dolores y los tormentos espantosos a los cuales
está continuamente expuesta su vida, ante esta vida
quedaría yerto de espanto. Si se condujese el optimista más entusiasta a través de los hospitales, laza-
retos, cámaras de tormento quirúrgico, prisiones y
lugares de suplicio; de las ergástulas de esclavos, de
los campos de batalla o de los tribunales de justicia;
si se le abriesen todas las oscuras guaridas donde
se oculta la miseria huyendo de las miradas de una
curiosidad fría; y en fin, si se le dejase mirar dentro de la torre del hambriento Ugolino, entonces de
seguro que acabaría por reconocer de qué clase es
este mundo al que llaman el «mejor de los mundos
posibles».

* * *

Este mundo es campo de matanza, donde seres
ansiosos y atormentados no pueden subsistir más
que devorándose los unos a los otros; donde todo
animal de rapiña es tumba viva de otros mil, y no
sostiene su vida sino a expensas de una larga serie
de martirios; donde la capacidad de sufrir crece en
proporción de la inteligencia, y alcanza, por consiguiente, en el hombre su grado máximo. Este mundo lo han querido ajustar los optimistas a su sistema y demostrárnoslo *a priori* como el mejor de los
mundos posibles. El absurdo es lastimoso.

Me dicen que abra los ojos y contemple las bellezas del mundo que el sol alumbra; que admire sus montañas, sus valles, sus torrentes, sus plantas, sus animales y no sé cuántas cosas más. Pero entonces, ¿el mundo no es más que una linterna mágica? Ciertamente, el espectáculo es espléndido a la vista, pero en cuanto a representar allí algún papel, eso es otra cosa.

Después del optimista viene el hombre de las causas finales. Éste me pondera el sabio ordenamiento que prohibe a los planetas chocar de frente en su carrera; que impide a la tierra y al mar confundirse formando una inmensa papilla y los tiene claramente separados; que hace que todo no se cuaje en un hielo eterno o se consuma por el calor, el cual, gracias a la inclinación de la eclíptica, no permite que sea eterna la primavera, etcétera... Pero éstas no son más que simples *conditiones sine quibus non*. Porque si existe un mundo, y han de durar sus planetas aunque sólo sea un tiempo igual al que el rayo luminoso de una remota estrella fija emplea en llegar hasta ellos, y si no desaparecen, como el hijo de Lessing, inmediatamente después de nacer, era preciso que las cosas no estuviesen tan torpemente armadas que amenazasen perecer desde el primer momento.

Lleguemos ahora a los resultados de esta obra tan ponderada y consideremos los actores que se mueven en este escenario de tan sólida tramoya. Vemos aparecer el dolor al mismo tiempo que la sensibilidad, y crecer a medida que ésta se hace inteligente. Vemos el deseo y el sufrimiento andar al mismo paso, desarrollarse sin límites, hasta que, al cabo, la vida humana no ofrece más que un argumento de tragedias o de comedias. Desde entonces, si se es sincero, se estará poco dispuesto a entonar el aleluya de los optimistas.

* * *

Si Dios ha hecho este mundo, yo no quisiera ser Dios. La miseria del mundo me desgarraría el corazón.

* * *

Si nos imaginamos la existencia de un demonio creador, hay derecho a gritarle, enseñándole su creación: «¿Cómo te has atrevido a interrumpir el sacro reposo de la nada, para hacer surgir tal masa de desdichas y de angustias?»

* * *

Si se considera la vida bajo el aspecto de su valor objetivo, es dudoso que sea preferible a la nada. Hasta diré que si se pudiera dejar oír la experiencia y la reflexión, alzarían su voz en favor de la nada. Si se golpease en las losas de los sepulcros para preguntar a los muertos si quieren resucitar, moverían la cabeza negativamente. Tal es también la opinión de Sócrates en la apología de Platón. Y hasta el simpático y alegre Voltaire no puede menos de decir: «Gusta la vida, pero la nada no deja de tener algo bueno»; y añade: «No sé qué es la vida eterna, pero esta vida es una broma pesada.»

* * *

Querer es esencialmente sufrir, y como vivir es querer, toda vida es por esencia dolor. Cuanto más elevado es el ser, más sufre... La vida del hombre no es más que una lucha por la existencia, con la certidumbre de resultar vencido... La vida es una cacería incesante, donde los seres, unas veces cazadores y otras cazados, se disputan las piltrafas de una horrible presa. Es una historia natural del dolor, que se resume así: querer sin motivo, sufrir siempre, luchar de continuo, y después morir... Y así sucesivamente por los siglos de los siglos, hasta que nuestro planeta se haga trizas.

EL ARTE

Todo deseo nace de una necesidad, de una privación, de un sufrimiento. Satisfaciéndolo se calma. Mas por cada deseo satisfecho, ¡cuántos sin satisfacer! Además, el deseo dura largo tiempo, las exigencias son infinitas, el goce es corta y mezquinamente tasado.

Y hasta ese placer que por fin se consigue no es más que aparente; otro le sucede, y si el primero es una ilusión desvanecida, el segundo es una ilusión que aún dura. Nada en el mundo es capaz de aquietar la voluntad ni de fijarla de un modo duradero; lo más que del destino puede obtenerse aseméjase siempre a la limosna que se arroja a los pies del mendigo, y que, si sostiene hoy su vida, sólo es para prolongar mañana su tormento. Así, en tanto que estamos bajo el dominio de los deseos y bajo el imperio de la voluntad, en tanto que nos abandonamos a las esperanzas que nos apremian, a los temores que nos persiguen, no hay para nosotros descanso ni dicha duraderos. En el fondo, lo mismo da que nos empeñemos en alguna persecución o que huyamos ante alguna amenaza, que nos agite la espera o el temor: las cavilaciones que nos causan las exigencias de la voluntad bajo todas sus formas no cesan de turbar y atormentar nuestra existencia. Así, el hombre esclavo del querer está continuamente amarrado a la rueda de Ixión, vierte siempre en el tonel de las danaides, es Tántalo devorado por la sed eterna.

Pero cuando una circunstancia externa o nuestra armonía inferior nos eleva un momento por encima del torrente infinito del deseo, libertan nuestro espíritu de la opresión de la voluntad, apartan nuestra atención de todo lo que la solicita y se nos aparecen las cosas desligadas de todos los prestigios de la esperanza, de todo interés propio, como objetos de contemplación desinteresada y no de concupiscencia. Entonces es cuando ese reposo vanamente buscado por todos los caminos abiertos al deseo, pero que siempre ha huido de nosotros, se presenta en cierto modo por sí mismo y nos da la sensación de la paz en toda su plenitud. Ése es el estado libre de dolores que celebraba Epicuro como el mayor de los bienes todos, como la felicidad de los dioses; porque entonces nos vemos por un instante manumitidos de la abrumadora opresión de la voluntad, celebramos la fiesta después de los trabajos forzados del querer, se detiene la rueda de Ixión... ¿Qué importa entonces ver la puesta del sol desde el balcón de un palacio o a través de las rejas de una cárcel?

Acorde íntimo y predominio del pensamiento puro sobre el querer: esto puede producirse en todos los lugares. Testigos esos admirables pintores holandeses que han sabido ver de una manera tan objetiva objetos tan mínimos, y que nos han legado una prueba tan duradera de su desprendimiento y de su placidez de espíritu en las escenas del interior. El espectador no puede contemplarlas sin conmoverse, sin representarse el estado de ánimo del artista, tranquilo, apacible, lleno de serenidad, tal como necesitaba ser para fijar su atención en objetos insignificantes, indiferentes, y reproducirlos con tanta solicitud. Y la impresión es tanto más fuerte cuanto que, por un contraste con nosotros mismos, nos choca la oposición entre esas pinturas tan sosegadas a nuestros sentimientos siempre tétricos, siempre agitados por inquietudes y deseos.

* * *

Basta echar desde fuera una mirada desinteresada a todo hombre, a toda escena de la vida, y reproducirlos con la pluma o el pincel, para que al punto aparezcan llenos de interés y de encanto, y verdaderamente dignos de envidia. Pero si nos encontramos luchando con esa situación o somos ese hombre, ¡oh! entonces, como suele decirse, ni el demonio que lo aguante. Tal es el pensamiento de Gœthe:

De todo lo que apena nuestra vida
no gusta la pintura.

Cuando yo era joven hubo un tiempo en que sin cesar me esforzaba en representarme todos mis actos como si se tratase de otro, probablemente para gozar más de ellos.

Las cosas no tienen atractivo sino en tanto que no nos atañen. La vida nunca es bella. Sólo son bellos los cuadros de la vida cuando los alumbra y refleja el espejo de la poesía, sobre todo en la juventud, cuando no sabemos aún qué es vivir.

Coger al vuelo la inspiración y darle cuerpo en los versos: tal es la obra de la poesía lírica. Y sin embargo, el poeta lírico refleja a la humanidad entera en sus íntimas profundidades, y todos los sentimientos que millones de generaciones pasadas, presentes o futuras han experimentado y experimentarán en las mismas circunstancias, que se reproducirán siempre, encuentran en la poesía su viva y fiel expresión.

El poeta es el hombre universal. Todo lo que ha agitado el corazón de un hombre, todo lo que la naturaleza humana ha podido experimentar y producir en todas circunstancias, todo lo que habita y fermenta en un ser mortal, ése es su dominio, que se extiende a toda la naturaleza. Por eso el poeta lo mismo puede cantar la voluptuosidad que el misticismo, ser Angelus Silesius o Anacreonte, escribir tragedias o comedias, representar los sentimientos nobles o vulgares, según su humor y su vocación. Nadie puede mandar al poeta que sea noble, elevado, moral, piadoso y cristiano, que sea o deje de ser esto o lo otro, porque es el espejo de la humanidad y presenta a ésta la imagen clara y fiel de lo que siente.

* * *

Es un hecho notabilísimo y muy digno de atención que el objetivo de toda la alta poesía sea la representación del lado horrible de la naturaleza humana, el dolor sin nombre, los tormentos de los hombres, el triunfo de la perversidad, la irónica dominación del azar, la irremediable caída del justo y del inocente. Éste es un signo notable de la constitución del mundo y de la existencia... ¿No vemos en la tragedia a los seres más nobles, después de largos combates y sufrimientos, renunciar para siempre a los propósitos que perseguían hasta entonces con tanta violencia, o apartarse de todos los goces de la vida voluntariamente y con júbilo? Así con el príncipe de Calderón; Margarita en *Fausto;* Hamlet, a quien su querido Horacio seguiría con mucho gusto, pero que le promete quedarse y respirar aún algún tiempo en un mundo tan rudo y lleno de dolores, para narrar la suerte de Hamlet y purificar su memoria; lo mismo que la virgen de Orleans, que la desposada de Messina; todos mueren purificados por los sufrimientos; es decir, después que ha muerto ya en ellos la voluntad de vivir...

El verdadero sentido de la tragedia es esta mira profunda: que las faltas expiadas por el héroe no son las faltas de él, sino las faltas hereditarios, es decir, el crimen mismo de existir,

...pues el delito mayor
del hombre es haber nacido.

* * *

La tendencia y el fin último de la tragedia consisten en inclinarse a la resignación, a la negación de la voluntad de vivir, mientras que, por el contrario, la comedia nos incita a vivir y nos anima. Verdad es que la comedia, como toda representación de la vida humana, nos pone inevitablemente ante la vista los sufrimientos y los aspectos repulsivos; pero sólo nos los muestra con males transitorios que concluyen por un desenlace feliz, como una mezcla de triunfos, victorias y esperanzas que a la postre se llevan la palma. Además, hace resaltar lo que hay constantemente alegre y siempre ridículo hasta en las mil

y una contrariedades de la vida, a fin de mantener-
nos de buen humor, sean las que fueran las circunstancias. Como último resultado, afirma, pues,
. que la vida, tomada en conjunto, es muy buena, y
sobre todo, picaresca y muy regocijada.

Por supuesto, hay que dejar que caiga el telón en
seguida del desenlace feliz, a fin de que no veamos
lo que viene después; mientras que, en general, acaba la tragedia de tal suerte que ya no puede ocurrir
más, pues todos mueren.

* * *

El poeta épico o dramático no debe ignorar que
él es el destino y que ha de ser despiadado como
éste. Al mismo tiempo es el espejo de la humanidad,
y debe presentar en escena caracteres malos y a veces infames, locos, necios, cortos de espíritu; de
cuando en cuando un personaje razonable, o prudente, o bueno u honrado, y muy rara vez una naturaleza generosa, como para demostrar que es la más
singular de las excepciones.

En todo Homero me parece que no hay un carácter verdaderamente generoso, aunque hay muchos
buenos y honrados. En todo Shakespeare se encuentran a lo sumo uno o dos, y aun en su nobleza no
tienen nada de sobrehumanos: son Cordelia y Co-
riolano. Sería difícil contar más, mientras que los
otros se cruzan allí como una muchedumbre... En
Minna de Barnhelm, de Lessing, hay exceso de escrúpulo y de noble generosidad por todas partes. Con
todos los héroes de Goethe combinados y reunidos
difícilmente se formaría un carácter de una generosidad tan quimérica como el marqués de Posa en el
Don Carlos de Schiller.

* * *

No hay nombre ni acción que no tenga su importancia. En todos y a través de todo se desenvuelve más o menos la idea de la humanidad. No hay circunstancia en la vida humana que sea indigna de reproducirse por medio de la pintura. Por eso es una injusticia para con los admirables pintores de la escuela holandesa limitarse a elogiar su habilidad técnica. En lo demás se los mira desde la altura con desdén, porque casi siempre representan hechos de la vida común, y sólo se concede importancia a los asuntos históricos o religiosos. Ante todo, convendría recordar que el interés de un acto no tiene ninguna relación con su importancia externa, y que a veces hay gran diferencia entre las dos cosas.

La importancia exterior de un acto se mide por sus consecuencias para el mundo real y en el mundo real. Su importancia interior está en el profundo horizonte que nos abre acerca de la esencia misma de la humanidad, poniendo en plena luz ciertos aspectos de esta naturaleza inadvertidos a menudo, escogiendo ciertas circunstancias favorables en que se expresan y desarrollan sus particularidades. La importancia interna es la única que vale para el arte y la importancia externa para la historia.

Una y otra son independientes en absoluto, y lo mismo pueden hallarse juntas que separadas. Un acto capital en la historia, considerando en sí mismo, puede ser vulgarísimo, insignificante en grado sumo; y recíprocamente, una escena de la vida diaria, una escena doméstica, puede tener un gran interés ideal si pone en plena y brillante luz seres humanos, actos y deseos humanos, hasta en los más ocultos repliegues.

Sean las que fueren la importancia del fin perseguido y las consecuencias del acto, el rasgo de la naturaleza puede permanecer siendo el mismo; así, por ejemplo, nada importa que ministros inclinados encima de un mapa se disputen territorios y pueblos, o que labriegos riñan en una taberna por una partida de naipes o una suerte de dados, lo mismo que es indiferente jugar al ajedrez con peones de oro o con piezas de madera.

* * *

La música no expresa nunca el fenómeno, sino únicamente la esencia íntima, el «en sí» de todo fenómeno; en una palabra, la voluntad misma. Por eso no expresa tal alegría especial o definida, tales o cuales tristezas, tal dolor, tal espanto, tal arrebato, tal placer, tal sosiego de espíritu, sino la misma alegría, la tristeza, el dolor, el espanto, los arrebatos, el placer, el sosiego del alma. No expresa más que la esencia abstracta y general, fuera de todo motivo y de toda circunstancia. Y, sin embargo, sabemos comprenderla perfectamente en esta quinta esencia abstracta.

* * *

La invención de la melodía, el descubrimiento de todos los más hondos secretos de la voluntad y de la sensibilidad humana, esto es obra del genio. La acción del genio es allí más visible que en cualquier otra parte, más irreflexiva, más libre de intención consciente: es una verdadera inspiración. La idea, es decir, el conocimiento preconcebido de las cosas abstractas y positivas, es aquí absolutamente estéril, como en todas las artes. El compositor revela la esencia más íntima del mundo y expresa la sabiduría más profunda en una lengua que su razón no comprende, lo mismo que una sonámbula da luminosas respuestas acerca de cosas de que no tiene conocimiento alguno cuando está despierta.

* * *

Lo que hay de íntimo e inexpresable en toda música, lo que nos da la visión rápida y pasajera de un paraíso a la vez familiar e inaccesible, que comprendemos y no obstante no podríamos explicar, es que presta voz a las profundos y sordas agitaciones de nuestro ser, fuera de toda realidad, y, por consiguiente, sin sufrimiento.

* * *

Así como hay en nosotros dos disposiciones esenciales del sentimiento, la alegría o a lo menos el contentamiento, y la aflicción o por lo menos la melancolía, así también la música tiene dos tonalidades generales correspondientes, mayor y menor, el sostenido y el bemol, y casi siempre está en la una o en la otra. Pero en verdad, ¿no es extraordinario que haya un signo para expresar el dolor, sin ser doloroso físicamente, ni siquiera por convicción, y, sin embargo, tan expresivo que nadie puede equivocarse, el bemol? Por esto puede medirse hasta qué profundidad penetra la música en la naturaleza íntima del hombre y de las cosas.

En los pueblos del norte, cuya vida está sujeta a duras condiciones, sobre todo en los rusos, domina el bemol hasta en la música de iglesia.

El *allegro* en bemol es muy frecuente en la música francesa y muy característico. Es como si alguien se pusiera a bailar con unos zapatos que le hacen daño.

* * *

Las frases cortas y claras de la música de bailes, de aires rápidos, sólo parecen hablar de una felicidad vulgar fácil de conseguir. Por el contrario, el *allegro maestoso*, con sus grandes frases, sus anchas avenidas, sus largos rodeos, expresa un esfuerzo grande y noble hacia un fin lejano que se concluye por alcanzar. El *adagio* nos habla de los sufrimientos de un grande y noble esfuerzo que menosprecia todo regocijo mezquino. Pero lo más sorprendente es el efecto del bemol y del sostenido. ¿No es asombroso que el cambio de un semitono, la introducción de una tercera menor en lugar de una tercera mayor, dé en seguida una sensación inevitable de pena y de inquietud, de la cual nos libra inmediatamente el sostenido? El *adagio* en bemol se eleva hasta la expresión del más profundo dolor, se convierte en una queja desgarradora. La música de baile en bemol expresa el engaño de una dicha vulgar que hubiera debido desdeñarse. Parece describirnos la persecución de algún fin inferior obtenido al cabo a través de muchos esfuerzos y fastidios.

* * *

Una sinfonía de Beethoven nos descubre un orden maravilloso bajo un desorden aparente. Es como un combate encarnizado que un instante después se resuelve en un hermoso acorde. Es el *rerum concordia discors*, una imagen fiel y cabal de la esencia de este mundo, que rueda a través del espacio, sin premura y sin descanso, en un tumulto de formas sin número que se desvanecen sin cesar. Pero al mismo tiempo, a través de la sinfonía, hablan todas las pasiones y todas las emociones humanas: alegría, tristeza, amor, odio, espanto, esperanza, con matices infinitos y, sin embargo, enteramente abstractos, sin nada que los distinga unos de otros con claridad. Es una forma sin materia, como un mundo de espíritus aéreos.

* * *

Después de haber meditado largo tiempo acerca de la esencia de la música, os recomiendo el goce de este arte como el más exquisito de todos. No hay ninguno que obre más directa y hondamente, porque no hay ningún otro que revele más directa y hondamente la verdadera naturaleza del mundo. Escuchar grandes y hermosas armonías es como un baño del alma: purifica de toda mancha, de todo lo malo y mezquino, eleva al hombre y le pone de acuerdo con los más nobles pensamientos de que es capaz, y entonces comprende con claridad todo lo que vale, o, más bien, todo lo que pudiera valer.

Cuando oigo música, mi imaginación juega a menudo con la idea de que la vida de todos los hombres y la mía propia no son más que sueños de un espíritu eterno, buenos o malos sueños, de que cada muerte es un despertar.

LA MORAL

L A virtud no se enseña, como tampoco el genio. La idea que se tiene de la virtud es estéril, y no puede servir más que de instrumento, como las cosas técnicas en materia de arte. Esperar que nuestros sistemas de moral y nuestras éticas puedan formar personas virtuosas, nobles y santas, es tan insensato como imaginar que nuestros tratados de estéticas puedan producir poetas, escultores, pintores y músicos.

* * *

No hay más que tres resortes fundamentales de las acciones humanas, y todos los motivos posibles sólo se relacionan con estos tres resortes. En primer término, el egoísmo, que quiere su propio bien y no tiene límites; después, la perversidad, que quiere el mal ajeno y llega hasta la suma crueldad, y últimamente, la conmiseración, que quiere el bien del prójimo y llega hasta la generosidad, la grandeza del alma. Toda acción humana debe referirse a uno de estos tres móviles, o aun dos a la vez.

I

EL EGOÍSMO

Inspira tal horror el egoísmo, que hemos inventado la urbanidad para ocultarlo como una parte vergonzosa. Pero sobresale a través de todos los velos y se denuncia en todo encuentro, donde instintivamente nos esforzamos por utilizar cada nuevo conocimiento para servirnos en uno de nuestros innumerables proyectos.

Siempre es nuestra primera idea saber si tal hombre puede sernos útil para alguna cosa. Si no nos puede servir, ya no tiene ningún valor... Y tanto sospechamos ese mismo sentimiento en los demás, que si nos acontece pedir un consejo o un informe, perdemos toda la confianza en lo que se nos dice, a poco que supongamos que hay en ello algún interés. Al punto pensamos que nuestro consejero quiere valerse de nosotros como instrumento suyo, y atribuimos su parecer, más que a la prudencia de su razón, a sus intenciones secretas, por grande que sea la primera, por débiles y lejanas que fuesen las segundas.

* * *

Por naturaleza, el egoísmo carece de límites. El hombre no tiene más que un deseo absoluto: conservar su existencia, librarse de todo dolor y hasta de toda privación. Lo que quiere es la mayor suma posible de bienestar, la posesión de todos los goces que es capaz de imaginar, los cuales se ingenia por variar y desarrollar incesantemente.

Todo obstáculo que se alza entre su egoísmo y sus concupiscencias excita su mal humor, su cólera, su odio; es un enemigo a quien hay que aplastar. Quisiera en lo posible gozar de todo, poseerlo todo, y cuando no, querría por lo menos dominarlo todo. «Todo para mí, nada para los demás», es su divisa.

El egoísmo es colosal, no cabe en el universo. Si se diese a elegir a cada uno entre el anonadamiento del universo y su propia perdición, no necesito decir cuál sería la respuesta.

Cada cual se hace el centro del mundo, lo refiere todo a sí. Hasta los más grandes trastornos de los imperios se consideran ante todo desde el punto de vista del propio interés, por ínfimo y remoto que pueda ser. ¿Hay contraste más pasmoso? De una parte, ese interés superior y exclusivo que cada cual se toma por sí mismo, y de la otra, esa mirada indiferente que echa a todos. Hasta es una cosa cómica ese convencimiento de tantas personas que obran como si fuesen las únicas que tienen una existencia real y como si sus semejantes sólo fueran vanas sombras, puros fantasmas.

Para pintar la enormidad del egoísmo con una hipérbole llamativa, me he fijado en ésta: «Muchas gentes serían capaces de matar a un hombre para coger la grasa del muerto y untarse con ella las botas.» Sólo me asalta un escrúpulo: ¿será esto una hipérbole?

* * *

El estado, esa obra maestra del egoísmo inteligente y razonado, ese total de todos los egoísmos individuales, ha depositado los derechos de cada uno en manos de un poder infinitamente superior al poder del individuo y que le obliga a respetar los derechos de los demás. Así quedan en las tinieblas el desmedido egoísmo de casi todos, la perversidad de muchos, la ferocidad de algunos. La fuerza los tiene encadenados, y de ello resulta una apariencia engañosa. Pero que se encuentre, como algunas veces ocurre, eludido o paralizado el poder protector del estado, y se verán estallar a la luz del día los apetitos insaciables, la sórdida avaricia, la falsedad secreta, la perversidad, la perfidia de los hombres. Entonces retrocedemos y damos grandes gritos, como si topáramos con un monstruo aún desconocido. Sin embargo, sin la presión de las leyes, sin la necesidad que se tiene de honor y consideración, todas esas pasiones triunfarían a diario. ¡Es preciso leer las causas célebres, la historia de los tiempos revueltos, para saber lo que hay en el fondo del hombre, lo que vale su moralidad! Esos millares de seres que están a nuestra vista, obligándose mutuamente a respetar la paz, en el fondo son otros tantos tigres y lobos, a quienes sólo impide morder un fuerte bozal.

Imaginad suprimida la fuerza pública, o sea, quitado el bozal. Retroceeríais con espanto ante el espectáculo que se ofrecería a vuestros ojos, espectáculo que cada cual se figura fácilmente. ¿No basta esto para confesar cuán poco arraigo tienen la religión, la conciencia, la moral natural, cualquiera que sea su fundamento? Sin embargo, en presencia de los sentimientos egoístas antimorales, entregados a sí mismos, veríase entonces revelarse también en el hombre el verdadero instinto moral, desplegar su poderío y manifestar lo que puede hacer. Y se vería que hay tanta variedad en los caracteres morales como variedades hay de inteligencia, y no es poco decir.

* * *

¿Tiene su origen la conciencia en la naturaleza? Puede dudarse de ello. A lo menos, hay también una conciencia bastarda, *conscientia spuria*, que a menudo se confunde con la verdadera.

La angustia y el arrepentimiento causados por nuestros actos no son a menudo más que el temor a las consecuencias. La violación de ciertas reglas exteriores, arbitrarias y hasta ridículas, despierta escrúpulos enteramente análogos a los remordimientos de conciencia. Así, ciertos judíos estarían abrumados ante la idea de haber fumado una pipa en su propio domicilio en sábado, contraviniendo el precepto de Moisés que dice: «No encenderéis ningún fuego el día del sábado en vuestras casas.»

Tal hidalgo u oficial no se consuela de haber faltado en alguna ocasión a las reglas de ese código de los locos que se llama código del honor, hasta el extremo de que más de uno que no puede cumplir su palabra o satisfacer las exigencias de las leyes del honor se ha levantado la tapa de los sesos. Conozco ejemplos de ello. Y, sin embargo, el mismo hombre violará sin escrúpulo todos los días su palabra con tal que no hubiere añadido esas palabras fatídicas, ese juramento: «por mi honor».

En general, toda inconsecuencia, toda imprevisión, todo acto contrario a nuestros proyectos, a nuestros principios, a nuestros convencionalismos de cualquiera especie, y hasta toda indiscreción, toda torpeza, toda bobada, dejan tras de sí un gusano que nos roe en silencio, una espina clavada en el corazón.

Muchas gentes se asombrarían si viesen de qué elementos se compone esta conciencia de la cual se forma una idea tan grandiosa. Un quinto de temor a los hombres, un quinto de temores religiosos, un quinto de preocupaciones, un quinto de vanidad y un quinto de costumbre: eso es todo. Tanto valdría decir como aquel inglés: «No soy bastante rico para comprarme una conciencia.»

* * *

Aun cuando los principios y la razón abstracta no son en manera alguna la fuente primitiva o el primer fundamento de la moralidad, sin embargo, son indispensables para la vida moral. Son como un depósito alimentado por la fuente de toda moralidad, pero que no corre de continuo, sino que se conserva, y en el momento útil puede difundirse allí donde haga falta... Sin principios firmes, una vez puestos en movimiento los instintos inmorales por las impresiones externas, nos dominarían con imperio. Sostenerse firmes en los principios, seguirlos a despecho de los opuestos motivos que nos solicitan, es lo que se llama poseerse a sí mismo.

* * *

Los actos y la conducta de un individuo y de un pueblo pueden modificarse muchísimo por los dogmas, el ejemplo y el hábito. Pero los actos tomados en sí mismos no son más que vanas imágenes; sólo les da importancia moral la disposición de ánimo que impele a ejecutar los actos. Ésta puede ser absolutamente la misma, aun con manifestaciones exteriores en un todo diferentes. Con igual grado de perversidad, puede uno morir en el patíbulo y otro extinguirse lo más apaciblemente del mundo en medio de los suyos.

Se manifiesta el mismo grado de perversidad en un pueblo por actos groseros, homicidio, canibalismo, y en otro, por el contrario, suavemente y en miniatura, por intrigas de corte, opresiones y sutiles astucias de todas clases; pero el fondo de las cosas es el mismo siempre.

Pudiera imaginarse un estado perfecto, o tal vez hasta un dogma que inspirase una fe absoluta en premios y castigos después de la muerte, que consiguiera impedir todo delito; públicamente esto sería mucho, pero moralmente no se ganaría nada, puesto que sólo quedarían encadenados los actos y no la voluntad. Podrían ser correctas las acciones; la voluntad continuaría siendo perversa.

II

LA CONMISERACIÓN

La conmiseración es ese hecho asombroso y lleno de misterios en virtud del cual vemos borrarse la línea fronteriza que a los ojos de la razón separa totalmente un ser de otro ser, y convertirse el «no yo» en cierto modo en el «yo».

Sólo la conmiseración es el principio real de toda justicia libre y de toda caridad verdadera.

La conmiseración es un hecho innegable de la conciencia humana; es esencialmente propia de ésta y no depende de nociones anteriores, de ideas *a priori*, religiones, dogmas, mitos, educación y cultura. Es producto espontáneo, inmediato, inalienable de la naturaleza; resiste a todas las pruebas y se manifiesta en todos tiempos y países. En todas partes se la invoca con confianza, por la seguridad que se tiene de que existe en cada hombre, y nunca se cuenta entre el número de los «dioses extraños». El ser que no conoce la conmiseración está fuera de la humanidad, y esta misma palabra «humanidad» se toma a menudo como sinónimo de conmiseración...

* * *

Puede objetarse a toda buena acción nacida únicamente de convicciones religiosas que no es desinteresada, que proviene de la idea de un premio o un castigo esperado o temido; en fin, que no es puramente moral. Si se considera el móvil moral de la compasión, ¿quién se atrevería a poner en duda ni un solo instante que en todas las épocas, en todos los pueblos, en todas las situaciones de la vida, en plena anarquía, en medio de los horrores de las revoluciones y de las guerras, en las grandes como en las pequeñas cosas, cada día, a cada hora, la compasión hace sentir sus efectos benéficos y verdaderamente maravillosos, impide muchas injusticias, provoca de improviso más de una buena acción sin esperanza de recompensa, y que en todas partes donde obra por sí sola reconocemos en ella, conmovidos, admirados, el valor moral puro y sin mezcla?

* * *

Envidia y lástima; cada cual lleva dentro de sí esos

dos sentimientos diametralmente opuestos. Lo que los hace nacer es la comparación involuntaria e inevitable de nuestra propia situación con la de los demás. Según reacciona esta comparación sobre cada carácter individual, uno u otro de esos sentimientos llega a ser fundamental disposición y fuente de nuestros actos. La envidia no hace más que elevar, engrosar y consolidar el muro que se alza entre «tú» y «yo». Por el contrario, la lástima lo hace delgado y transparente, a veces lo destruye de arriba abajo, y entonces se disipan todas las diferencias entre «yo» y los otros hombres.

* * *

Cuando nos encontremos puestos en relación con un hombre, no nos paremos a pesar su inteligencia ni su valor moral, lo que nos conduciría a reconocer la perversidad de sus intenciones, la estrechez de su razón, la falsedad de sus juicios, y no podría despertar en nosotros más que desprecio y aversión. Consideremos más bien sus sufrimientos, sus miserias, sus angustias, sus dolores, y entonces sentiremos cuán de cerca nos toca; entonces se despertará nuestra simpatía, y en vez de odio y menosprecio, experimentaremos por él esa conmiseración que es el único banquete a que nos convida el evangelio.

* * *

Si se ha considerado la perversidad humana y se está pronto a indignarse ante ella, es preciso dirigir en seguida la mirada a la angustia de la existencia humana. Y recíprocamente, si la miseria os espanta, volved los ojos a la perversidad. Entonces se verá que una y otra se equilibran, y se reconocerá la justicia eterna. Se verá que el mismo mundo es el juicio del mundo.

* *

Hasta la cólera más legítima se calma el punto ante la idea de que quien nos ha ofendido es un desventurado. Lo que la lluvia es para el fuego, eso es la lástima para la ira. Cuando alguien trate de vengar cruelmente una injuria, le aconsejo, si no quiero prepararse remordimientos, que se figure con vivos colores cumplida ya su venganza, que se represente a su víctima presa de sufrimientos físicos y morales, en lucha con la miseria y la necesidad, y que diga para sí: «He ahí mi obra.» Si algo en el mundo puede extinguir la cólera, es esta idea.

La causa de que, en general, prefieran los padres a los hijos enfermizos, es que siempre da compasión verlos.

* * *

La lástima, principio de toda moralidad, toma también bajo su protección a los brutos, al paso que en los otros sistemas de moral europea se tiene para con ellos tan poca responsabilidad y tan escasos miramientos. La pretendida carencia de derechos de los animales, el prejuicio de que no tiene importancia moral nuestra conducta para con ellos, de que no hay, como suele decirse, deberes para con los irracionales, esto es precisamente una grosería que subleva, una barbarie de occidente que tiene su origen en el judaísmo...

Es preciso recordarles a esos menospreciadores de

los brutos, a esos occidentales judaizantes, que lo mismo que ellos han sido amamantados por sus madres, también el perro lo ha sido por la suya.

La conmiseración con los animales está íntimamente unida a la bondad de carácter, de tal suerte, que se puede afirmar de seguro que quien es cruel con los animales no puede ser buena persona.

* * *

Una compasión sin límites hacia todos los seres vivientes es la prenda más firme y segura de la conducta moral. Esto no exige ninguna casuística. Puede estarse seguro de que quien esté lleno de ella no ofenderá a nadie, no usurpará los derechos de nadie, no hará daño a nadie; antes al contrario, será indulgente con cada uno, perdonará a cada uno, socorrerá a todos en la medida de sus fuerzas, y todas sus acciones llevarán el sello de la justicia y del amor a los hombres. Inténtese decir una vez: «Este hombre es virtuoso, pero no conoce la compasión», o bien: «Es un hombre injusto y malvado, pero es muy compasivo», y entonces saltará a la vista la contradicción.

No todo el mundo tiene los mismos gustos; pero no conozco plegaria más hermosa que aquella con que terminan todas las obras antiguas del teatro indio—como antaño terminaban las comedias inglesas con estas palabras: «Por el rey»—. He aquí cuál es su sentido: «Puedan permanecer libres de dolores todos los seres vivientes.»

III

RESIGNACIÓN, RENUNCIAMIENTO, ASCETISMO Y LIBERACIÓN

Cuando la punta del velo de Maya—la ilusión de la vida individual—se ha levantado ante los ojos de un hombre, de tal suerte que ya no hace diferencia egoísta entre su persona y los demás hombres, toma tanto interés por los sufrimientos extraños como por los propios, llegando a ser caritativo hasta la abnegación, pronto a sacrificarse por la salud de los demás.

Ese hombre, que ha llegado hasta el punto de reconocerse a sí mismo en todos los seres, considera como suyos los infinitos sufrimientos de todo lo que vive, y debe apropiarse el dolor del mundo. Ninguna angustia le es extraña. Todos los tormentos que ve y raras veces puede dulcificar, todos los dolores que oye referir, hasta los mismos que él concibe, hieren su alma como si fuese él la propia víctima de ello.

Insensible a las alternativas de bienes y de males que se suceden en su destino, libre de todo egoísmo, descubre los velos de la ilusión individual. Todo lo que vive, todo lo que sufre, está igualmente cerca de su corazón. Concibe el conjunto de las cosas, su esencia, su eterno flujo, los vanos esfuerzos, las luchas interiores y los sufrimientos sin fin; por todas partes adonde vuelva la mirada ve el hombre que sufre, el animal que sufre y un mundo que se desvanece eternamente. Desde entonces únense a los dolores del mundo más estrechamente que el egoísta a su propia persona.

Con tal conocimiento del. mundo, ¿cómo podría con incesantes deseos afirmar su voluntad de vivir, adherirse más y más a la vida y abrazarla cada vez más estrechamente? El hombre seducido por la ilusión de la vida individual, esclavo del egoísmo, no ve en las cosas sino lo que atañe a su persona, y toma de ellas motivos siempre renovados para desear y querer. Por el contrario, el que penetra la esencia de las cosas en sí, el que domina el conjunto, llega al descanso de todo deseo. Desde ese momento, la voluntad se aparta de la vida, rechaza con espanto los goces que la perpetúan. El hombre llega entonces al estado del renunciamiento voluntario, de la resignación, de la tranquilidad verdadera y de la ausencia absoluta de voluntad.

* * *

Mientras que el perverso, entregado por la violencia de su voluntad y de sus deseos a tormentos internos continuos y devoradores, cuando el manantial de todos los goces llega a secarse, se ve reducido a apagar la sed con el espectáculo de las desventuras ajenas; por el contrario, el hombre que está penetrado de la idea de la dejación absoluta, cualquiera que fuere su desnudez, por privado que esté exteriormente de toda alegría y de todo bien, gusta, sin embargo, de pleno regocijo y goza de un sosiego verdaderamente celestial. ¡No más diligencia inquieta para él, no más júbilo bullicioso, ese júbilo al que tantas penas preceden y siguen, inevitable condición de la existencia para el hombre que tiene gustoso apego a la vida! Lo que siente es una paz inquebrantable, un sosiego profundo, una íntima serenidad, un estado que no podemos imaginar sin aspirar a él con ardor, porque nos parece el único justo, infinitamente superior a cualquier otro; un estado al que nos convidan y llaman lo mejor que hay en nosotros y esa voz interior que nos grita: «*Sapere aude.*» Entonces comprendemos bien que todo deseo cumplido, toda dicha arrancada a la miseria del mundo, son como la limosna que sostiene hoy al mendigo para que mañana se muera de hambre, al paso que la resignación es como una tierra recibida por herencia, que pone para siempre al abrigo de los cuidados al feliz poseedor.

* * *

Sabemos que los instantes en que la contemplación de las obras de arte nos hace libres de los ávidos deseos, cual si sobrenadásemos por encima de la pesada atmósfera de la tierra, son al mismo tiempo los más felices que conocemos.

Por esto podemos figurarnos qué felicidad ha de experimentar el hombre cuya voluntad se aquieta, no por algunos instantes, como en el goce desinteresado de lo bello, sino para siempre, y hasta se extingue por completo de tal modo, que ya no queda sino la última chispa con destellos vacilantes que sostiene al cuerpo y se apagará con él. Cuando, tras rudos combates contra su propia naturaleza, ha concluido ese hombre por triunfar del todo, no existe sino en estado de ser puramente intelectual, como un espejo del mundo que nada enturbia. En adelante, nada podrá causarle angustia ni agitarle, porque ha roto los mil lazos del querer que nos tienen encadenados al mundo y nos dan tirones en todos sentidos, con dolores continuos en forma de deseo, temor, envidia, cólera. Dirige atrás una mirada tranquila y risueña a las ilusorias imágenes de este mundo que pudieron agitar y atormentar un día su corazón. Ahora está ante ellas tan indiferente como ante las piezas de ajedrez terminada la partida, o ante los disfraces de carnaval que se han desnudado al amanecer, y cuyas figuras han podido atraernos o conmovernos en la noche del último día de carnestolendas. Desde entonces la vida y sus formas flotan ante sus ojos como una fugaz aparición, como un ligero sueño de la madrugada para el hombre medio despierto, un sueño que la verdad atraviesa ya con sus rayos y que no puede engañarnos más. Y cual un ensueño desvanécese también al fin la vida, sin transición brusca.

* * *

Si se considera cuán necesarios son para libertarnos la mayor parte de las veces la miseria y los infortunios, se confesará que antes debiéramos envidiar la desventura ajena que su dicha. Por esa razón, el estoicismo que reta al destino es para el alma una gruesa coraza contra los dolores de la vida y ayuda a soportar mejor lo presente. Pero es opuesto a la verdadera salud, porque endurece el corazón. ¿Y cómo podría hacerse mejor el estoico por el sufrimiento, cuando bajo su corteza de piedra es insensible a él? Hasta cierto límite, no es muy raro ese estoicismo. A menudo es pura afectación, un modo de poner a mal tiempo buena cara, y cuando es real, la mayor parte de las veces proviene de pura insensibilidad, de falta de energía, de vivacidad de sentimiento y de imaginación, necesarios para sentir un gran dolor.

Todo el que se mata quiere la vida; sólo se queja

de las condiciones en que se le ofrece. No renuncia, pues, a la voluntad de vivir, sino únicamente a la vida, de la cual destruye en su persona uno de los fenómenos trasitorios... Precisamente cesa de vivir porque no puede cesar de querer, y suprimiendo en él el fenómeno de la vida es como afirma su deseo de vivir. Porque justamente el dolor al cual se sustrae es lo que, como mortificación de la voluntad, hubiera podido conducirle a la dejación voluntaria y a quedar libre. Sucede con quien se mata como con un enfermo que prefiriese conservar su enfermedad por no tener energía para dejar concluir una operación dolorosa, pero saludable. El sufrimiento soportado con valor le permitiría suprimir la voluntad; pero se exime del sufrimiento destruyendo en su cuerpo aquella manifestación de la voluntad, de tal suerte que ésta subsiste sin obstáculos.

* * *

Sólo por el conocimiento reflexivo de las cosas, pocos hombres llegan a penetrarse de la ilusión del *principium individuationis*. Pocos hombres llenos de perfecta bondad de alma, de la universal caridad, llegan por fin a reconocer todos los dolores del mundo como suyos propios, para venir a la negación de la voluntad. En el que se acerca más a este grado superior, las comodidades personales, el halagüeño encanto del momento, el atractivo de la esperanza, los deseos renacientes de continuo, son un eterno obstáculo al renunciamiento, un eterno cabo para la voluntad. De ahí procede el que se haya personificado en los demonios la multitud de seducciones que nos tientan y solicitan.

Por eso es preciso que un sufrimiento inmenso destroce nuestra voluntad antes que llegue al renunciamiento de sí misma. Cuando ha recorrido todos los grados de la angustia creciente, cuando, después de una suprema resistencia, toca en el abismo de la desesperación, el hombre se reconcentra súbitamente dentro de sí mismo, se conoce, conoce al mundo, transfórmase su alma, se eleva sobre sí misma y sobre todo sufrimiento. Purificado entonces, santificado en cierto modo con un sosiego y una felicidad inquebrantables, con una elevación inaccesible, renuncia a todos los objetos de sus deseos apasionados y recibe la muerte con alegría. De la purificadora llama del dolor brota repentinamente, cual pálida luz, la negación de la voluntad de vivir, o sea, la libertad de este mundo.

Los mismos criminales pueden purificarse así por un gran dolor; se vuelven enteramente otros. Sus pasados crímenes no les oprimen ya la conciencia; sin embargo, están dispuestos a expiarlos por la muerte, y ven gustosos extinguirse en ellos ese fenómeno transitorio de la voluntad, que desde entonces les es extraño y como un objeto de horror. En el conmovedor episodio de Gretchen, Gœthe nos ha dado una incomparable y brillante pintura de esta negación de la voluntad, causada por un gran infortunio y por la desesperación. Es un modelo cabal de esta segunda manera de llegar al renunciamiento, a la negación de la voluntad, no por el puro conocimiento de los dolores de todo un mundo, con los cuales se identifica voluntariamente, sino por un dolor que aplasta y con el cual se ve uno mismo abrumado.

Un gran dolor, una gran desgracia, pueden forzarnos a conocer las contradicciones de la voluntad de

vivir consigo mismo y mostrarnos con claridad la
nada de todo esfuerzo. Así, se ha visto a menudo
cambiar súbitamente, resignarse, arrepentirse, hacerse frailes o anacoretas, después de una vida agitada por tumultuosas pasiones, a reyes, héroes y
aventureros. Tal es el asunto de todas las historias
auténticas de conversiones, por ejemplo, la de Raimundo Lulio.

Un día, una hermosa a quien amaba desde mucho
tiempo atrás le concede al fin en su casa una cita.
Loco de alegría, entra en el dormitorio de ella, pero
entreabriéndose la joven el cuerpo del vestido, le
descubre un pecho corroído por horrible cáncer. A
partir de ese instante, como si hubiera entrevisto
el infierno, se convirtió, abandonó la corte del rey
de Mallorca, se retiró a un yermo y se hizo penitente.

La conversión de Rancé se asemeja mucho a la
de Raimundo Lulio. Había consagrado su juventud
a todos los placeres, y vivía en íntimos tratos con
la señora de Montbazon. Una noche, a la hora de
la cita, encuentra vacía la estancia, oscura, revuelta;
tropieza con el pie en una cosa, la cabeza de su
querida, que habían separado del tronco; había muerto de repente y no habían podido hacer entrar su
cadáver en el féretro de plomo colocado junto a
ella. Afligido por un dolor sin límites, Rancé se hizo,
en 1663, reformador de los trapenses, enteramente
degenerados de su antigua disciplina. Bien pronto
los condujo a esa grandeza de renunciamiento que
aún vemos hoy, a esa negación de la voluntad me-
tódicamente conducida a través de las más duras
privaciones, a esa vida de una austeridad y un trabajo increíbles, que llena de santo horror al extraño cuando al penetrar en el convento le llama desde

luego la atención la humildad de esos verdaderos monjes, que, extenuados por ayunos, frías vigilias, preces y trabajos, se arrodillan ante él, hijo del mundo y pecador, para pedirle su bendición. En el pueblo más alegre, regocijado, sensual y ligero (¿hay necesidad de decir Francia?) es donde la orden trapense, única entre todas, se ha mantenido intacta a través de todas las revoluciones.

Preciso es atribuir su duración a la profunda seriedad que no puede desconocerse en el espíritu que la anima, y que excluye toda consideración secundaria. La decadencia de la religión no la ha alcanzado, porque sus raíces penetran en las profundidades de la naturaleza humana mucho más aún que en un dogma positivo cualquiera.

* * *

Apartemos la vista de nuestra propia insuficiencia, de la estrechez de nuestros sentimientos y prejuicios, para dirigirla hacia los que han venido al mundo, a aquellos en quienes, habiendo llegado la voluntad al pleno conocimiento de sí misma, se ha retraído de todas las cosas y se ha negado libremente, y espera que se apaguen sus últimas chispas con el cuerpo que las anima. Entonces, en lugar de esas pasiones irresistibles, de esa actividad sin descanso; en lugar de ese incesante tránsito del deseo al miedo y de la alegría al dolor; en lugar de esa esperanza que nada satisface y nunca se sosiega ni se desvanece y con que se forja el ensueño de la vida para el hombre subyugado por la voluntad, vemos esa paz superior a toda razón, ese tranquilo mar del sentimiento, ese profundo reposo, esa seguridad inconmovible, esa serenidad, cuyo reflejo, nada más en el rostro, tal como lo han pintado Rafael y Correggio, es todo un evangelio en que podemos fiarnos. No queda más que el conocimiento; la voluntad se ha desvanecido.

El espíritu íntimo y el sentido de la verdadera y pura vida del claustro y del ascetismo en general, es que se siente uno digno y capaz de una existencia mejor que la nuestra, y se quiere fortificar y sostener este convencimiento por el menosprecio de todos los vanos goces de este mundo. Espérase con sosiego y seguridad el fin de esta vida, privada de sus engañosos incentivos, para saludar un día la hora de la muerte como la de la libertad.

* * *

Quietismo, es decir, renunciamiento a todo deseo; ascetismo, es decir, inmolación reflexiva de la voluntad egoísta, y misticismo, es decir, conciencia de la identidad de su ser con el conjunto de las cosas y el principio del universo; tres disposiciones del alma que se enlazan estrechamente. Cualquiera que hace profesión de una de ellas se ve atraído hacia las otras en cierto modo a pesar suyo. Nada hay tan portentoso como ver el acuerdo de todos los que nos han predicado esas doctrinas, a través de la extremada variedad de tiempos, países y religiones. Nada tan curioso como la seguridad inconmovible cual la roca, la certidumbre interior con que nos presentan el resultado de su experiencia íntima.

* * *

En verdad que no es el judaísmo, sino el brahmanismo y el budismo quienes, por su espíritu y tendencia moral, se aproximan al cristianismo. El espíritu y la tendencia moral son la esencia de una religión, y no los mitos con que los envuelve.

El espíritu del *Antiguo Testamento* es verdaderamente extraño al puro cristianismo, porque en todo el *Nuevo Testamento* se trata del mundo como una cosa a la cual no se pertenece y no se ama, una cosa que está bajo el imperio del diablo. Esto se halla conforme con el espíritu del ascetismo, de renunciamiento y de victoria sobre el mundo; espíritu que, junto con el amor al prójimo y el perdón de las injurias, señala el rasgo fundamental y la estrecha afinidad que unen al cristianismo, al brahmanismo y al budismo. Sobre todo, en el cristianismo, es necesario ir al fondo de las cosas y penetrar más allá de la corteza.

* * *

El protestantismo, al eliminar el ascetismo y el celibato, que es su punto capital, ataca por eso mismo a la esencia del cristianismo, y, desde este punto de vista, puede considerársele como una apostasía. Bien se ha visto en nuestros días cuánto el protestantismo ha degenerado poco a poco en un racionalismo ramplón, especie de pelagianismo moderno, que viene a resumirse en un buen padre que crea el mundo con el fin de divertirnos mucho en él, en lo cual le salió bonitamente el tiro por la culata. Ese buen padre, bajo ciertas condiciones, se compromete a proporcionar también más tarde a sus fieles servidores un mundo mucho más bello, cuyo único inconveniente es tener una entrada tan funesta.

Esto podrá ser de seguro una buena religión para

pastores protestantes, con todas las comodidades materiales, casados e ilustrados, pero eso no es cristianismo. El cristianismo es la doctrina que afirma que el hombre es profundamente culpable sólo por el hecho de nacer, y al mismo tiempo enseña que el corazón debe aspirar a desligarse del mundo, lo cual no se puede conseguir sino a costa de los más penosos sacrificios, por la dejación voluntaria, por el anonadamiento de sí mismo; es decir, por una total transformación de la naturaleza humana.

* * *

El optimismo no es, en el fondo, más que una forma de alabanzas que la voluntad de vivir—única y primera causa del mundo—se otorga sin razón a sí misma cuando se mira con complacencia en su propia obra. No sólo es una doctrina falsa; es una doctrina corruptora, porque nos presenta la vida como un estado apetecible y da como objetivo de la vida la felicidad del hombre. Desde ese momento, cada cual se imagina que tiene los más justificados derechos a la felicidad y al goce. Así, pues, si, como es harto frecuente, no le tocan en suerte esos bienes, se cree víctima de una injusticia.

Es mucho más justo considerar el trabajo, las privaciones, la miseria y el sufrimiento coronado por la muerte como fines de nuestra vida—así lo hacen el bahmanismo, el budismo y también el verdadero cristianismo—, porque todos esos males conducen a la negación de la voluntad de vivir. En el *Nuevo Testamento* se representa el mundo como un valle de lágrimas, la vida como un medio de purificar el alma, y un instrumento de martirio es el símbolo del cristianismo.

* * *

En nuestros días, el cristianismo ha olvidado su verdadera significación, para degenerar en un chabacano optimismo.

* * *

La moral de los indostánicos, tal como se expresa del modo más variado y enérgico en los *Vedas* y *Puranas* de sus poetas, en los mitos y leyendas de sus santos, en sus sentencias y reglas de vida, prescribe expresamente el amor al prójimo, con absoluto desasimiento de sí mismo; el amor, no limitado sólo a los hombres, sino extendido a todos los seres vivientes; la caridad, llevada hasta el abandono del salario cotidiano obtenido a fuerza de sudor y de fatiga; una mansedumbre sin límites para con aquel que nos ofenda; el bien y el amor devueltos por el mal que se nos hiciere, por grande que éste sea; el perdón alegre y espontáneo de toda injuria; la abstinencia de todo alimento animal; una castidad absoluta y el renunciamiento a toda voluptuosidad para quien aspire a la santidad verdadera; el menosprecio de todas las riquezas, de toda mansión, de toda propiedad; una soledad profunda y absoluta, pasada en muda contemplación; un arrepentimiento voluntario y penitencias lentas y espontáneas para mortificar absolutamente la voluntad, hasta morir de hambre, entregarse a los cocodrilos, precipitarse desde lo alto de una roca del Himalaya santificada por esta costumbre, enterrarse vivo, arrojarse bajo las ruedas del carro gigantesco que pasea las imágenes de los dioses en medio de los cánticos, los gritos de júbilo y la danza de las bayaderas. Y estas prescripciones, el origen de las cuales se remonta a más de cuatro mil años, viven aún, hasta en su rigor más extremado, en ese pueblo, por degenerado que esté hoy.

Unas costumbres por tan largo tiempo sostenidas entre tantos millones de hombres, unas prácticas que imponen tan abrumadores sacrificios, no pueden ser arbitraria invención de algún cerebro alucinado; deben tener hondas raíces en la esencia misma de la humanidad.

Añadiré que no puede admirarse bastante la concordancia, la perfecta unanimidad de sentimientos que se advierte si se lee la vida de un santo o de un penitente cristiano y la del santo indostánico. A través de la variedad, de la oposición absoluta de dogmas, costumbres y medios, son idénticos el esfuerzo, la vida interior de uno y otro.

Los místicos cristianos y los maestros de la filosofía vedanta están conformes también en considerar como superfluas las obras exteriores y los ejercicios religiosos para aquel que concluye por alcanzar la perfección.

Tanta concordancia entre pueblos tan diferentes y en una época tan remota es una prueba de hecho de que no se trata aquí, como aventuran por complacencia los ramplones optimistas, de una aberración, de un extravío del espíritu y de los sentidos; antes al contrario, es un aspecto esencial de la naturaleza humana, un admirable aspecto que rara vez se manifiesta y que se expresa en ese ascetismo.

* * *

Así, considerando la vida de los santos, que sin duda rara vez nos es dado encontrar y conocer por nuestra propia experiencia, pero la historia de los cuales nos traza el arte con una verdad segura y profunda, no es preciso disipar la tétrica impresión de esa nada que flota como último término detrás de toda virtud, de toda santidad, y que tememos como el niño teme las tinieblas, en vez de tratar de huir de ellas, como los indostánicos, por medio de mitos y palabras vacías de sentido, tales como la reabsorción en Brahma, o el nirvana de los budistas. Lo confesamos: lo que queda después de la supresión total de la voluntad no es absolutamente nada para todos aquellos que están ávidos aún de querer vivir: es la nada. Pero también para aquellos en quienes la voluntad ha llegado a apartarse de su objeto y negarse a sí misma, ¿qué es nuestro mundo, que nos parece tan real, con todos sus soles y sus vías lácteas? Nada.

LA RELIGIÓN

No cabe duda; el conocimiento de la muerte, la consideración del sufrimiento y de la miseria de la vida, son los que dan impulso más fuerte al pensamiento filosófico y a las interpretaciones metafísicas del mundo.

Si nuestra vida no tuviese límites ni dolores, tal vez a ningún hombre se le hubiera ocurrido la idea de preguntarse por qué existe el mundo y se encuentra constituido precisamente de esta manera; todo se comprendería por sí mismo.

Así se explica también el interés que nos inspiran los sistemas filosóficos y los religiosos. Este poderoso interés refiérese sobre todo al dogma de una duración cualquiera después de la muerte. Y si las religiones parecen preocuparse ante todas las cosas de la existencia de sus dioses y emplear todo su celo en defenderla, en el fondo es únicamente porque relacionan con esa existencia el dogma de la inmortalidad y lo consideran como inseparable de ella: sólo les llega al alma la inmortalidad. Si pudiese asegurarse de otro modo la vida eterna al hombre, al punto se enfriaría su ardiente celo por sus dioses, y hasta cedería el sitio a una indiferencia casi absoluta en cuanto se le demostrase de un modo evidente la imposibilidad de la vida futura... Por eso los sistemas materialistas o los sistemas escépticos del todo nunca ejercerán una influencia general o duradera.

* * *

Templos e iglesias, pagodas y mezquitas, atestiguan en otros tiempos, con su magnificencia y su grandeza, la necesidad metafísica del hombre, que, fuerte e indestructible, sigue paso a paso a la necesidad física.

Verdad es que, si estuviésemos de humor satírico, pudiera añadirse que esa necesidad es modesta, pues se contenta con poca cosa. Fábulas burdas, cuentos insulsos, y a menudo no hace falta nada más. Grábense temprano en el espíritu del hombre, y esas fábulas y leyendas llegan a ser explicaciones suficientes de su existencia y puntales de su moralidad. Pensad, por ejemplo, en el *Corán*. Ese librejo ha bastado para fundar una religión que, difundida por el mundo, satisface la necesidad metafísica de millones de hombres desde hace mil doscientos años. Sirve de fundamento a su moral, les inspira un gran desprecio de la muerte y entusiasmo para guerras sangrientas y vastas conquistas. En ese libro encontramos la más triste y miserable figura del deísmo. Tal vez haya perdido mucho en las traducciones, pero no he podido descubrir en él ni una sola idea de algún valor; lo cual prueba que la capacidad metafísica no va a la par de la necesidad metafísica.

* * *

No contento con los cuidados, aflicciones y apuros que le impone el mundo real, el espíritu humano crea para sí otro mundo imaginario bajo la forma de mil supersticiones diversas. Éstas le preocupan de todas maneras; les consagra lo mejor de su tiempo y de sus fuerzas, en cuanto el mundo real le permite un sosiego que no es capaz de saborear. Puede comprobarse este hecho, en su origen, en los pueblos que, situados bajo un cielo suave y sobre un suelo clemente, han tenido una existencia fácil, como los indostánicos; después los griegos y los romanos; más tarde los italianos, los españoles, etcétera. El hombre se forja a su imagen demonios, dioses y santos, que exigen a cada momento sacrificios, rezos, ornamentos, votos formados y cumplidos, peregrinaciones, prosternamientos, cuadros, adornos, etcétera. Ficción y realidad se mezclan en su servicio, y la ficción oscurece a la realidad. Todo suceso de la vida se acepta como una manifestación de su poder.

Las conversaciones místicas con esas divinidades ocupan la mitad de los días y sostienen la esperanza sin cesar. El hechizo de la ilusión las hace a menudo más interesantes que el trato con seres reales. ¡Qué expresión y qué síntoma de la ingénita miseria del hombre, de la urgente necesidad que tiene de auxilio y asistencia, de ocupación y pasatiempo! Aun cuando pierda fuerzas útiles e instantes preciosos en vanas plegarias y en sacrificios vanos, en vez de ayudarse a sí mismo, si surgen de pronto riesgos imprevistos, no cesa, sin embargo, de ocuparse y distraerse en esa conversación fantástica con un mundo de espíritus soñados. Ésta es la ventaja de las supersticiones, ventaja que es preciso no desdeñar.

* * *

Para domeñar las almas bárbaras y apartarlas de la injusticia y de la crueldad, no es útil la verdad, porque no pueden concebirla. Lo útil es el error, un cuento, una parábola. De ahí procede la necesidad de enseñar una fe positiva.

* * *

Cuando se comparan las prácticas de los fieles con la excelente moral que predica la religión cristiana, y más o menos toda religión, y nos imaginamos qué valdría esta moral si el brazo secular no impidiese los crímenes, y lo que tendríamos que temer si sólo por un día se suprimiesen todas las leyes, no puede menos de confesarse que la acción de todas las religiones sobre la moralidad es realmente muy débil. De seguro que la falta estriba en lo flojo de la fe. En teoría, y en tanto que se aferra a las meditaciones piadosas, cada cual se cree firme en su fe. Pero los hechos son la dura piedra de toque de todas nuestras convicciones. Cuando se llega a los hechos y hay que dar prueba de su fe con grande abnegación y duros sacrificios, entonces es cuando se ve aparecer toda su debilidad. Cuando un hombre medita seriamente un delito, abre ya una brecha en la moralidad pura. La primera consideración que luego le detiene es la de la justicia y la policía. Si pasa adelante, esperando sustraerse a ellas, el segundo obstáculo que se presenta entonces es la cuestión de honor. Si se franquea, puede apostarse casi sobre seguro que, después de haber triunfado de estas dos poderosas resistencias, un dogma religioso cualquiera no tendrá fuerza suficiente para impedirle obrar. Porque si un peligro próximo y seguro no espanta, ¿cómo se dejaría refrenar por un riesgo remoto y que sólo se funda en la fe?

* * *

Lo que había de moral en la religión de los griegos reducíase a bien poca cosa, limitándose poco más o menos todo ello al respeto del juramento. No había allí ni moral ni dogma oficiales. Sin embargo, no vemos que la generalidad de los griegos haya sido moralmente inferior a los hombres de los siglos cristianos. La moral del cristianismo es infinitamente superior a la de todas las demás religiones que antes aparecieran en Europa. Pero ¿quién podría creer que la moralidad de los europeos haya mejorado en la misma proporción, ni siquiera que sea actualmente superior a la de los otros países? Esto sería un gran error. Entre los mahometanos, los guebros, los indostánicos y los budistas se encuentra por lo menos tanta honradez, fidelidad, tolerancia, dulzura, beneficencia, generosidad y abnegación como entre los pueblos cristianos. Además, sería larga la lista de las crueldades bárbaras que han acompañado al cristianismo. Cruzadas injustificables, exterminio de gran parte de los primitivos habitantes de América y colonización de esta parte del mundo con esclavos negros, arrancados sin derecho ni sombra de derecho de su suelo natal y condenados toda su vida a un trabajo de galeotes; persecución infatigable de los herejes; tribunales de inquisición, que claman venganza al cielo; noche de san Bartolomé; ejecución de dieciocho mil holandeses por el duque de Alba, etcétera; hechos poco favorables, que dejan en la incertidumbre acerca de la superioridad del cristianismo.

* * *

La religión católica es una institución para mendigar el cielo, que sería demasiado incómodo merecer. Los clérigos son los intermediarios de esta mendicidad.

* * *

La confesión fue una feliz idea; porque, en verdad, cada uno de nosotros es un juez moral, perfecto y competente, que conoce con exactitud el bien y el mal. Esto es cierto de cada uno de nosotros, con tal que la información verse sobre las acciones ajenas y no sobre las propias, y con tal que sólo se trate de aprobar y desaprobar, mientras que los otros se encargan de la ejecución. Por eso el primero que llega puede tomar en absoluto, como confesor, el puesto de Dios.

Las religiones son necesarias al pueblo, y hasta resultan para él un beneficio. Hasta cuando pretenden oponerse a los progresos humanos en el conocimiento de la verdad, hay que echarlas a un lado, con todos los miramientos posible. Pero pedir que un gran ingenio, un Goethe, un Shakespeare, acepte por convencimiento los dogmas de una religión cualquiera, es pedir que un gigante calce los zapatos de un enano.

* * *

En realidad, toda religión positiva es la usurpadora del trono que pertenece a la filosofía. Por eso los filósofos siempre serán hostiles a la religión, aun cuando debieran considerarla como un mal necesario, unas muletas para la debilidad morbosa del espíritu de la mayor parte de los hombres.

* * *

En la nueva filosofía, Dios representa el papel de los últimos reyes francos bajo los mayordomos de palacio. No es más que un hombre que se conserva para mayor provecho y comodidad, a fin de introducirse con más facilidad en el mundo.

LA POLÍTICA

E L estado no es más que el bozal que tiene por
objeto volver inofensivo a ese animal carnicero,
el hombre, y hacer de suerte que tenga el aspecto
de un herbívoro.

* * *

El hombre es en el fondo un animal salvaje, una
fiera. No le conocemos sino domado, enjaulado en
ese estado que se llama civilización. Por eso retro-
cederemos con terror ante las explosiones accidentales de su naturaleza. Que caigan, no importa cómo,
los cerrojos y las cadenas del orden legal, que estalle
la anarquía, y entonces se verá lo que es el hombre.

* * *

La organización de la sociedad humana oscila
como un péndulo entre dos extremos, dos polos, dos
males opuestos: el despotismo y la anarquía. Cuanto

más se aleja del uno, más se aproxima al otro. Entonces se os ocurre que el justo medio sería el punto conveniente. ¡Qué error! Estos dos males no son igualmente malos y peligrosos. El primero es infinitamente menos de temer. En primer término, los golpes del despotismo no existen sino en estado de posibilidad, y cuando se manifiestan con hechos, no alcanzan más que a un hombre entre millones de hombres. En cuanto a la anarquía, son inseparables la posibilidad y la realidad: sus golpes alcanzan a cada ciudadano todos los días.

La especie humana está para siempre y por naturaleza condenada al sufrimiento y a la ruina. Aun cuando con ayuda del estado y de la historia se pudiesen remediar la injusticia y la miseria, hasta el punto de que la tierra se convirtiera en una especie de Jauja, los hombres llegarían a pelearse por aburrimiento, a precipitarse unos contra otros, o bien el exceso de población traería consigo el hambre, y ésta los destruiría.

* * *

Es raro que un hombre reconozca toda su espantosa malicia en el espejo de sus actos.

¿Pensáis de veras que Robespierre, o Bonaparte, o el emperador de Marruecos, o los asesinos que suben al patíbulo, son los únicos malos entre todos los hombres? ¿No veis que muchos harían otro tanto si pudiesen?

* * *

Propiamente hablando, Bonaparte no es más malvado que muchos, por no decir que la mayoría de los hombres. No tiene más que el egoísmo tan común, que consiste en buscar su bien a expensas de los demás. Lo único que le distingue es una fuerza más grande para satisfacer esa voluntad, una integencia mayor, una razón más grande, un valor más grande. Además, el azar le daba un campo favorable. Gracias a todas esas condiciones reunidas, hizo en pro de su egoísmo lo que otros mil apetecerían pero no pueden hacer. Todo granuja que con su malicia se proporciona la más ínfima ventaja con detrimento de sus camaradas, por mínimo que sea el daño que cause, es tan malo como Bonaparte.

* * *

Si gustáis de planes utópicos, os diré que la única solución del problema político y social sería el despotismo de los sabios y de los justos, de una aristocracia pura y verdadera, obtenida mediante la generación por la unión de los hombres de sentimientos más generosos con las mujeres más inteligentes y agudas. Esta proposición es mi utopía y mi república de Platón.

EL HOMBRE Y LA SOCIEDAD

Las cosas pasan en el mundo como en las comedias de Gozzi, donde las mismas personas aparecen siempre con las mismas intenciones y la misma suerte. Los motivos y los sucesos difieren, sin duda, en cada argumento, pero el espírtu de los sucesos permanece siendo el mismo.

Los personajes de una pieza tampoco saben nada de lo que pasó en otra donde también eran actores. Así, después de toda la existencia de las comedias precedentes, Pantalone no se ha vuelto más diestro ni más generoso, ni Tartaglia más honrado, ni Brighella más valiente, ni Colombina más virtuosa.

* * *

Nuestro mundo civilizado no es más que una gran mascarada. Encuéntranse allí caballeros, frailes, soldados, doctores, abogados, sacerdotes, filósofos, y no sé qué más aún. Pero no son lo que representan; son simples máscaras, bajo cuyos disfraces se ocultan la mayoría de las veces buscadores de dinero. Éste se pone la careta de la justicia y del derecho, con ayuda de un abogado, para ofender mejor a su semejante; el otro, con el mismo fin, ha elegido el antifaz del bien público y del patriotismo; el de más allá el de la religión, de la fe inmaculada. Para toda clase de fines secretos, más de uno se ha ocultado bajo el disfraz de la filosofía, como también de la filantropía, etc. Las mujeres tienen menos donde escoger. La mayoría de las veces se ponen la careta de la virtud, del pudor, de la inocencia, de la modestia.

Hay también disfraces generales, como los dominós de los bailes de máscaras. Estos disfraces nos representan la honradez a carta cabal, la finura de modales, la simpatía sincera y la amistad aparatosa. La mayor parte del tiempo, como he dicho, no hay más que meros industriales, comerciantes, especuladores, bajo todos esos disfraces.

Desde este punto de vista, la única clase honrada es la de los comerciantes, únicos que se presentan como son y andan a cara descubierta. Por eso los han puesto en lo más bajo de la escala.

* * *

El médico ve al hombre en toda su debilidad; el jurisconsulto en toda su perversidad; el teólogo en toda su necedad.

* * *

Lo mismo que le basta una hoja a un botánico para reconocer toda la planta, lo mismo que un solo hueso bastaba a Cuvier para reconstituir todo el animal, así una sola acción característica por parte de un hombre puede permitir llegar al conocimiento exacto de su carácter, y, por consiguiente, reconstituirlo en cierta medida, aun cuando se trate de una cosa insignificante. Cuanto más fútil sea la cosa, mejor; porque en los asuntos importantes los hombres están en guardia, mientras que, por el contrario, en las cosas pequeñas siguen su natural instinto, sin pensar mucho en ello.

Si alguien, a propósito de una fruslería, manifiesta por su conducta absolutamente egoísta y desconsiderada para con otro que el sentimiento de la justicia es extraño a su corazón, guárdese de confiarle un céntimo sin tomar las precauciones suficientes.

Según el mismo principio, hay que romper inmediatamente con esas personas que se llaman buenos amigos, cuando hasta en las menores cosas revelan un carácter malo, falso o vulgar, con el fin de precaveros de ese modo de las malas partidas que podrían jugaros en asuntos graves. Lo mismo digo de los criados del servicio doméstico. Primero vivir solo, que en medio de traidores.

* * *

Dejar aparecer la ira o el odio en la palabra o en el rostro es inútil, peligroso, imprudente, ridículo, ordinario. No se debe manifestar la cólera o el odio más que por actos. Los animales de sangre fría son los únicos que tienen veneno.

* * *

La urbanidad es prudencia, la descortesía es una estupidez. Crearse enemigos tan inútilmente y con tanta ligereza es un delirio, como prender fuego a su propia casa. La cortesía es, como las fichas de juego, una moneda notoriamente falsa. Ser económico de esta moneda es carecer de talento; por el contrario, prodigarla es dar prueba de sentido común.

* * *

Nuestra confianza con los hombres no tiene muchísimas veces más causas que la pereza, el egoísmo y la vanidad. La pereza, cuando el hastío de reflexionar, de vigilar, de obrar, nos induce a confiarnos a alguien. El egoísmo, cuando la necesidad de hablar de nuestros asuntos nos incita a hacer confidencias. La vanidad, cuando tenemos algo ventajoso que decir referente a nosotros mismos. No por eso exigimos menos que se nos agradezca nuestra confianza.

* * *

Es prudente dejar sentir de cuando en cuando a las personas, hombres y mujeres, que podemos pasarnos muy bien sin ellas. Esto fortalece la amistad, y hasta con la mayoría de las gentes no es malo deslizar de tiempo en tiempo un tonillo desdeñoso respecto a ellas, y así hacen más caso de nuestra amistad. «Quien no estima, llega a ser estimado», dice un proverbio italiano. Si alguien tiene mucho valor real a nuestros ojos, es preciso ocultárselo, como si fuese un crimen. Esto no es muy grato, pero es así. Apenas si los perros soportan la gran amistad: mucho menos aún los hombres.

* * *

El perro, el único amigo del hombre, tiene un privilegio sobre todos los demás animales, un rasgo que le caracteriza, y es ese movimiento de cola tan benévolo, tan expresivo, tan profundamente honrado. ¡Qué contraste en favor de esta manera de saludar que le ha dado la naturaleza, si se compara con las reverencias y horribles arrumacos que cambian los hombres en señal de cortesía! Esta seguridad de tierna amistad y devoción por parte de perro es mil veces más segura, a lo menos al presente.

* * *

Lo que me hace tan grata la sociedad de mi perro es la transparencia de su ser. Mi perro es transparente como el cristal.

* * *

Si no hubiera perros, no querría vivir.

* * *

Nada revela mejor la ignorancia del mundo como alegar, cual prueba de los méritos y valía de un hombre, que tiene muchos amigos. ¡Como si los hombres otorgasen su amistad con arreglo a la valía y al mérito! ¡Como si, por el contrario, no fueran semejantes a los perros, que aman a quien les acaricia o solamente les echa huesos que roer, sin más halago! Quien mejor sabe acariciar a los hombres—aun cuando sean asquerosas alimañas—, ése tiene muchos amigos.

* * *

«Ni amar ni odiar» es la mitad de la prudencia humana. «No decir nada ni creer nada» es la otra

205

mitad. Pero ¡con qué placer se vuelve la espalda a un mundo que exige semejante cordura!

* * *

Los amigos se dicen sinceros; los enemigos sí que lo son! Por eso debiera tomarse la crítica de éstos como una medicina amarga, y aprender por ellos a conocerse uno mejor.

* * *

Puede ocurrir que sintamos la muerte de nuestros enemigos y adversarios—aun después de gran número de años—casi tanto como la de nuestros amigos. Es cuando los echamos de menos para ser testigos de nuestros brillantes triunfos.

* * *

La diferencia entre la vanidad y el orgullo está en que el orgullo es un convencimiento absoluto de nuestra superioridad en todas las cosas. Por el contrario, la vanidad es el deseo de despertar en los demás esta persuasión, con una secreta esperanza de dejarse a la larga convencer a sí mismo. El orgullo tiene, pues, origen en un convencimiento interior y directo que se tiene de su propia valía. Por el conrario, la vanidad busca apoyo en la opinión ajena para llegar a la propia estimación. La vanidad hace parlanchín; el orgullo hace silencioso.

El hombre vano debiera saber que la elevada opinión de los demás, objeto de sus esfuerzos, se obtiene mucho más fácilmente con un silencio continuo que con la palabra, aun cuando se tuvieran las más bellas cosas que decir.

No es orgulloso quien quiere; a lo sumo, puede simularse el orgullo; pero como todo papel convencional, no podrá sostenerse hasta el fin. Sólo el convencimiento firme, profundo, inquebrantable que se tiene de poseer cualidades superiores y excepcionales es lo que hace realmente orgulloso. Podrá ser erróneo este convencimiento, o no fundarse más que en ventajas exteriores y convencionales; esto no obsta nada para el orgullo, si es serio y sincero.

El orgullo tiene sus raíces en nuestra propia convicción y no depende de nuestro capricho, lo mismo que cualquier otro conocimiento. Su peor enemigo, su más grande obstáculo, es la vanidad, que no solicita los aplausos ajenos más que para formarse un elevado concepto de sí mismo, al paso que el orgullo hace suponer que este sentimiento está ya enteramente consolidado en nosotros.

Muchas gentes vituperan y critican el orgullo; sin duda no tiene en sí nada que pueda enorgullecerlas.

* * *

La naturaleza es lo más aristocrático del mundo. Todas las diferencias que establecen entre los hombres la alcurnia y la riqueza en Europa o las castas en la India son una futesa en comparación de la distancia que la naturaleza ha fijado irrevocablemente desde el punto de vista moral e intelectual.

En la aristocracia de la naturaleza, como en las otras aristocracias, hay diez mil plebeyos por un noble y millones por un príncipe. La gran multitud es el montón, el populacho. Por eso, dicho sea de paso, los patricios y los nobles de la naturaleza debieran mezclarse tan poco con el populacho como los de los estados, y vivir tanto más separados e inabordables cuanto más altos.

* * *

La tolerancia que se advierte y elogia a menudo en los grandes hombres no es siempre más que el resultado del más profundo desprecio por el resto de los humanos. Cuando un grande ingenio está enteramente penetrado de este menosprecio, cesa de considerar a los hombres como semejantes suyos y de exigirles lo que se exige de sus iguales. Es tan tolerante entonces con ellos como con todos los demás animales, a los que no tenemos por qué acusarles de su falta de razón y de su bestialidad.

* * *

Todo el que no tenga alguna idea de la belleza física o intelectual no experimenta el ciento por uno de las veces otra impresión, al ver o conocer de nuevo a ese ser que se llama hombre, que la de un ejemplar enteramente nuevo, verdaderamente original, y que jamás hubiera adivinado de un ser compuesto de fealdad, trivialidad, vulgaridad, perversidad, necedad, malignidad. Cuando me encuentro en medio de caras nuevas, me recuerda esto *La tentación de san Antonio*, de Teniers, y otros cuadros análogos, donde a cada nueva deformidad monstruosa que veo admiro la novedad de las combinaciones imaginadas por el pintor.

* * *

La maldición del hombre de genio es que, en la

misma medida en que él parece grande y admirable a los demás, éstos le parecen a él a su vez pequeños y lastimosos. Durante toda su vida tiene que reprimir esta opinión, como ellos reprimen la suya. Sin embargo, está condenado a vivir en una isla desierta, donde no encuentra a nadie semejante a él, y que no tiene más moradores que monos y loros. Y siempre es víctima de esta ilusión, que le hace tomar de lejos un mono por un hombre.

Debo confesarlo sinceramente. La vista de cualquier animal me regocija al junto y me ensancha el corazón, sobre todo la de los perros, y luego la de todos los animales en libertad, aves, insectos, etc. Por el contrario, la vista de los hombres excita casi siempre en mí una aversión muy señalada, porque con cortas excepciones, me ofrecen el espectáculo de las deformidades más horrorosas y variadas: fealdad física, expresión moral de bajas pasiones y de ambición despreciable, síntomas de locura y perversidades de todas clases y tamaños; en fin, una corrupción sórdida, fruto y resultado de hábitos degradantes. Por eso me aparto de ellos y huyo a refugiarme en la naturaleza, feliz al encontrar allí los brutos.

CARÁCTER DE DIFERENTES PUEBLOS

EL rasgo dominante en el carácter nacional de los italianos es una desvergüenza absoluta, que procede de que no se consideran inferiores ni superiores a nada. Es decir, que son alternativamente arrogantes y descarados, o viles y bajos. Por el contrario, cualquiera que tiene pudor es para ciertas cosas demasiado tímido y para otras demasiado altivo. El italiano no es ni lo uno ni lo otro, sino, según las circunstancias, unas veces cobarde, otras insolente.

* * *

El carácter propio del norteamericano es la vulgaridad bajo todas sus formas: moral, intelectual, estética y social. Y no sólo en la vida privada, sino también en la vida pública; haga lo que quiera, no deja de ser yanqui. Puede decirse de esto lo que Cicerón dice de la ciencia: *Nobiscum peregrinatur,* etcétera.

Esta vulgaridad es el extremo opuesto del inglés.

Éste, por el contrario, se esfuerza siempre por ser noble en todas las cosas, y por eso le parecen tan ridículos y antipáticos los yanquis. Son, propiamente hablando, los plebeyos del mundo entero. Eso puede en parte depender de la constitución republicana de su estado y en parte de que tienen su origen en una colonia penitenciaria, o porque descienden de ciertas gentes que tenían razones para huir de Europa. El clima puede influir también en algo.

* * *

Los judíos son, según dicen ellos, el pueblo elegido de Dios.

Es muy posible; pero se difieren los gustos, pues no son mi pueblo elegido.

Los judíos son el pueblo elegido de su Dios, y su Dios es como pintiparado para tal pueblo.

Váyase lo uno por lo otro.

* * *

Dios misericordioso, previendo en su omnisciencia que su pueblo elegido sería disperso por el mundo entero, dio a todos sus miembros un olor especial que les permitiera reconocerse y encontrarse en todas partes: es el *fœtus judaicus*.

* * *

Las otras partes del mundo tienen monos.
Europa tiene franceses.
Esto nos compensa.

* * *

Se ha echado en cara a los alemanes que tan pronto imitan a los franceses como a los ingleses. Precisamente esto es lo más cuerdo que podían hacer, porque, reducidos a sus propios recursos, no tienen nada sensato que ofrecernos.

* * *

Ninguna prosa se lee con tanta facilidad y tan agradablemente como la prosa francesa...

El escritor francés encadena sus pensamientos con el orden más lógico y, en general, más natural, y los somete así sucesivamente a su lector, quien puede apreciarlos con comodidad y consagrar a cada uno su atención, sin dividirla.

El alemán, por el contrario, los entrelaza en un período embrollado y archiembrollado, porque quiere decir seis cosas a la vez, en lugar de presentar una después de otra.

* * *

Los alemanes se distinguen de las demás naciones por su negligencia en el estilo como en el vestir. El carácter nacional es responsable de este doble desorden. Así como el abandono en el vestir manifiesta el poco aprecio en que se tiene a la sociedad donde se acude, un mal estilo abandonado, descuidado, atestigua un desprecio ofensivo para el lector, que se venga con justo derecho no leyéndolos.

Lo más regocijado de todo es ver a los críticos juzgar las obras de otro con su estilo desaseado de escritores a jornal. Esto produce el efecto de un juez que se sentara en el tribunal con bata y chinelas.

El verdadero carácter nacional de los alemanes es la pesadez. Salta a la vista en su paso, en su modo de ser y obrar, en su lengua, relatos, discursos y escritos, en su manera de comprender y de pensar, pero sobre todo en su estilo. Se conoce en el gusto que tienen de construir largos períodos, pesados, confusos. La memoria se ve obligada a trabajar sola, con paciencia, durante cinco minutos, para retener maquinalmente las palabras como una lección que se le impone, hasta el momento en que, al final del período, se aclara el sentido, toma impulso el entendimiento y se resuelve el enigma:

Sobresalen en este juego, y cuando pueden añadir preciosismo, énfasis y un aire grave lleno de afectación, entonces nadan en la alegría; pero que el cielo dé paciencia al lector. Hacen especialísimo estudio para hallar siempre las expresiones más indecisas y más impropias, de suerte que todo aparece como entre brumas. Su objetivo parece ser el de colocar en cada frase una puertecilla de escape, y luego darse aires de aparentar decir más de lo que en realidad han pensado. En fin, son estúpidos y aburridos como gorros de dormir. Y precisamente esto es lo que hace odiosa la manera de escribir de los alemanes a todos los extranjeros, quienes no gustan de andar a tientas en la oscuridad. Esto es, por el contrario, entre nosotros un gusto nacional.

* * *

Lichtenberg cuenta más de cien expresiones alemanas que sirven para indicar la embriaguez. No hay que asombrarse: desde los tiempos más remotos, ¿no han sido famosos los alemanes por su borrachera? Pero lo extraordinario es que en la lengua de esta nación alemana, renombrada en todos por su honradez, se encuentran más expresiones que en ningún otro idioma para indicar el engaño. Y la mayoría de ellas tienen un aire de triunfo, acaso porque se considera la cosa muy difícil.

En previsión de mi muerte, hago esta confesión: desprecio a la nación alemana a causa de su necedad infinita, y me avergüenzo de pertenecer a ella.